발코니 유령

실천문학 시선 260

발코니 유령

2020년 11월 16일 1판 1쇄 찍음
2020년 11월 16일 1판 1쇄 펴냄

지은이	최영랑
펴낸이	윤한룡
편집	신한선
디자인	윤려하
관리·영업	이소연
펴낸곳	(주)실천문학
등록	10-1221호(1995.10.26)
주소	남양주시 퇴계원읍 퇴계원로 52 405호
전화	02-322-2161~3
팩스	02-322-2166
홈페이지	www.silcheon.com

이 도서는 한국출판문화산업진흥원의
'2020년 우수출판콘텐츠 제작 지원' 사업 선정작입니다.

ISBN 978-89-392-3060-6 03810

발코니 유령

최영랑

260

실천문학사

제 1 부

제2부

제3부

제4부

제1부

커브

주춤주춤 나타난 커브가 나를 삼킨다

직진하려는 나의 관성이 휘어진다 액셀을 밟고 있는데 자꾸 브레이크를 밟으라 한다 나는 다시 액셀, 너는 브레이크

횡단보도에 부서진 감정들이 쌓인다 방지 턱을 넘으며 방지 턱을 지우며 나는 방향을 핸들에게 맡기고 구부러진 태도를 펴는 일에 몰두한다

곡선으로 사라진 네가 처음으로 보였다 내가 내뱉은 비난이 등 뒤에 들러붙어 있었다 너는 떠도는 어둠이었다가 가까워지는 빛이었다가 지금 다시 내게 커브의 속성을 건네고 있다

너는 매일 커브 속에서 커브를 반복하고 있다

반경이 긴 후유증이 나를 길들인다

카페인

활성도가 높은 밤

내 머리를 떠난 생각들이 백야 속에 서성인다 엉킨 머리칼처럼 와글거린다 장막을 열어젖히고 배고픈 골목이 어둠을 할퀴며 건너온다 그 순간 팜므 파탈은 시작된다

한참 동안 나는 그 골목에서 출출해진 허공의 귓속말을 깨문다

내 안의 발톱들이 자리를 옮겨 다니며 생각의 둘레를 넓힌다

어떤 뒷모습에선 낯선 남자의 끈적이는 등과 허리가 무너지기도 한다

눈을 감아도 도발적인 어둠은 어디론가 밀려가고, 미처 빠져나가지 못한 잔재들이 소용돌이치고 있다 곧 탄성을 얻을

것처럼 탱탱해질 것이다

통증처럼 백야는 아가리를 벌린다 노골적인 생각이 흩어진 감각들을 물고 놓아주지 않는다

몸속 가득 팽창되는 중력
발끝마다 서성이는 얼룩의 세계
프릴의 주름처럼 난해해지는 심장의 소란과
정수리에 흐르는 역류성의 감정

남자의 뒷모습을 세워놓고 불협이 증폭된다 지금은 파열의 시간 그리고 무성해지는 날 것의 시간, 내 안에 자라는 파멸을 위해 손톱들이 활성화되고 있다

누군가 들락거리고 있다

욕조가 몸을 삼켰다
누군가 내 몸을 빠져나가고 있다는 느낌
지금 아무도 없는 욕실에서
알몸으로 걸어 나가는 이는 누구일까
그림자보다 다정하게
기억보다 명확하게
나를 나보다 먼저 증명하는 이 누구인가

바닥까지 침수된 나는 껍데기만 남았다
이대로 무덤이 되고 싶은데 물 밖에서 음악이 흐른다
사계 중 봄은 언제부터 명랑한 템포였나
물 위를 사뿐사뿐 걸어 다니는 리듬에
심장이 다시 반응하기 시작한다
말초신경이 꿈틀거리고 침묵이 표정을 바꾼다

한 자세로 나를 남겨 놓고 빠져나간 이가
다시 돌아와 나를 추궁한다

입구가 어디입니까 출구가 어디입니까
여전히 알 수 없는 질문들
몸을 일으켜 그를 뒤쫓는다

붉은빛에 에워싸인 나
한바탕 춤곡이 나를 붙잡고 흔든다
누군가 내 머릿속 마개를 뽑는다
물속의 퉁퉁 분 여자와
나를 버리고 빠져나간 여자와
여자를 보고 있던 여자가 모두 사라진다

아파트가 스티로폼처럼 가볍다

오, 칸나

칸나와 칸나 사이에서 나는 칸나가 되었다
칸나가 되었다고 생각하는 순간
칸나가 지워졌다 달아났다

나는 왜 피어 있었던 걸까?
내가 칸나가 되고 나서
칸나가 칸나로 존재해야 하는 이유에 대해

그러니까 칸나적 생각으로 내가 칸나를 사랑할 때
나는 단 하나의 칸나가 될 수 있을 텐데
당신은 내가 칸나인 줄 모르고
칸나! 하고 한 번 더 불러주지도 않고
한 번 더 재채기를 한다

점점 붉은색을 버리는 칸나
왕성해지는 알레르기

칸나의 개화기는 나만 알고 있는데
당신은 매 순간 너무 예민해져서,

봄 여름 그리고 가을 겨울
벌과 나비도 없이 뜨겁게 칸나는 저 혼자 핀다

손목을 긋는다 붉은색이 왈칵왈칵 솟는다

훌라후프

트랙을 돌린다 멈추지 않는 트랙에 나를 집어넣고 트랙 속을 읽어낸다 나는 사라지고 속도가 나를 지배한다 트랙 속에선 너와 내가 구별되지 않는다

그룹으로 구성된 사람들이 트랙을 달린다 속도가 빨라지고 트랙이 새롭게 태어난다 원심력이 군더더기를 제거한다 경쟁력이 높아진다 가속도가 붙는 빌딩들, 원심력과 구심력이 힘겨루기를 한다

군더더기가 군더더기를 포기할 때까지 속도는 자유롭다 빌딩 밖으로 날아간 사람들이 우주를 유영한다 탄생한 별들을 헤아려보려 하는데 태어난 흔적이 없다 선택한 별 속에서 자신을 발견하고 곧 자신을 소진했기 때문이다

지하철 2호선은 다양한 트랙과 연결된다 환승하려는 사람들, 복잡한 회전은 위험하지만 긴 트랙은 안전하다고 스스로에게 주문을 건다 회전에는 비틀거리는 생각을 제거하

면 그뿐

긴 트랙은 어떤 생각으로 만들어졌을까, 아무도 의심하지 않는다

오늘도 트랙 속에 나의 군더더기를 넣어 본다

발코니 유령

어느 작은 행성에 와 있는 느낌이야 우주를 떠돌다 501호 외벽에 잠시 불시착한 것만 같아 어지러워, 허공을 딛고 있는 내 몸이 아직도 아슬아슬해 목소리를 자꾸 1층으로 떨어뜨리리고 있어 목소리보다 먼저 데굴데굴 구르고 있는 저기 내 눈동자 좀 봐 비둘기 떼가 쪼아대더니 물고 날아오르고 있어 내버려 둘 거야 어차피 표정은 필요 없으니까 내가 잠깐 지상을 착각해서 걸어 다니고 있을 뿐이니까 이곳은 늘 흐르는 곳이야 사라지는 것들과 다가오는 것들의 무수한 자리바꿈, 잔향들로 항상 북적거리지 난 이곳에서 사계의 햇빛과 바람을 채록해 그건 제라늄과 산세비에리아, 치자 꽃향기로 피어나기도 하지 항아리 속 미생물들을 깨우는 일이기도 해 발목이 없는 몸은 우주로 통하는 길이야 사색 없는 존재가 무한히 확장되는 길이기도 하지 무한대의 길들을 따라가다 보면 멀어지면서도 가까워지는 나를 발견하기도 해 그러니까 이곳에서 나도 흐르고 있는 것들 중 하나일 뿐이야 지독하게 고독과 적막을 감각하지 않아도 되는 계절 속에 있는 거지 문득 노아의 방주가 생각나는 지금 나는 우주 바깥으로 멀어지는 상상을 하고 있어 산 자들이 나에 대한 기억을 매 순간 밀어내고 있으니까, 희미해지거나 흩어지는 일은 무모한 일은 아니야

고동의 길

길을 허무는 방식으로 고동은 나를 허문다

그곳을 더듬어 보면 어딘가 묻혀 있던 생활의 파편이
면도날처럼 예리하게 할퀴며 손끝에 와닿는다
욱신거리는 순간
파도의 위안에도 통증은 쉽게 지워지지 않는다

뒤엉켜 있는 길은 누가 누구를 의심했다는 증거, 네가
무작정 떠난 수렁을 나도 따라가 보는데
때론 깊은 수렁이 큰 입을 벌리고 있더라도
그곳을 걸어보지 않고선
그것이 길이 아니었다고 말할 수 없을 것이다

어쩌면 우리도 그런 길에 우연찮게 서 있을 수도 있는 일
거기에서 한 끼의 식사를 때우고
잠시 멈춰
스스로의 발자취를 지우기 위해 자신을 부정하면서

나선의 길을 소실점까지 뚫어야 할지도 모르는 일

수렁이 여전히 질척질척한 속도로 길을 붙들고 있다
그도 고집스럽게 느릿한 걸음으로도
누군가의 빛나는 길잡이가 되었지만
그런 장소의 처음에서 보면
온몸을 바닥에 붙이고 먼 길 가고 있는
고동의 종족들이 보인다

굴곡의 삶을 거느리고 출렁이는 바다는
고동의 부력으로 지상의 딱딱한 길까지도 자유롭게 한다

버블 스토리

그의 웃음은 나만 아는 바깥입니다

그 웃음은 가볍고 부드러운 거품이어서
누구에게나 쉬이 얹힙니다
거품 속으로 사라지는 사람들이 있습니다
그때마다 새롭게 형성되는 그룹들
관계의 밀도가 조밀해집니다
나는 거품의 추종자가 됩니다
그럴 때 내게서도 거품 하나가 피어납니다

거품은 서로에게 섞여 마모될 필요가 없습니다
가까워지는 이마와 이마, 같은 연대기를 만듭니다
이건 목적에 깃든 밀착의 힘

허구와 허구가 만나면
꿈틀거리는 루머들
이야기는 부풀길 좋아해서 터지기 직전까지

자라는 말풍선들

끝없이 이야기의 곁가지가 늘어납니다
복선처럼 바깥에 무지개가 피어나 나는 그만 아찔해집니다
활짝 핀 오후 소문은 절정입니다
터질 생각이 없습니다

거품이 거품으로 목욕을 합니다 친절한 거품,
그와 나의 은밀한 가능성까지 씻어낼 필요도 없는데
흉터까지 가려줍니다
이제 거품 속 알몸은 내내 안전합니다

오후 1시의 빨랫줄

허공의 말을 당긴다

바지랑대가 팽팽해진다
구름은 빌딩 숲 너머에 있고 나비의 날개가 가벼워지는 시간
나는 빨랫줄에 젖은 햇살을 넌다

옥탑방 지붕과 그물망 속 수세미꽃과 옆집 창문에서
반사되는 바람과 함께 나는 건들거린다

조였던 날개가 헐거워진다 선 위에 나열된 어제의 시간들이 흔들리다 사라진다 나는 햇빛을 삼키며 바람의 노래를 흥얼거린다 풍경이 넓어지고 초인종 없는 허공이 자유롭다 나는 농담처럼 가벼워진다

나는 나의 그늘을 넌다
이탈을 꿈꾸는 언어들이

우기에서 건기로 건너가는 길목에서처럼 몸을 뒤척인다
경계 허물어져 한 줄 문장으로 흔들린다

수세미꽃이 피었다 지는 사이
평상 그늘과 비올라 보라의 간격이 좁혀지는 사이
나의 몸통과 다리와 발들이 새로운 우주로 채워진다

말과 얼룩진 이미지들이 제 속도를 찾아간다

튤립

음률들이 귓속에서 출렁이고 있다

여자는 지금 튤립을 흉내 내고 있다

벌들이 분주하게 찬사를 보내올 때까지
튤립을 반복할 태세다

불어오는 바람에 잠시 흔들렸을 뿐
잠깐 움츠렸던 몸 다시 펴고
둥글어지려는 무릎의 바깥을 안으로 감아올리는
여자는 묵묵히 직립을 고집한다

철쭉이나 배롱나무 대신 여자는 왜 튤립을 심어달라고 했을까

짧은 봄은 흔들리고 튤립은 흔들리지 않는다

봄 너머 저쪽의 발자국을 상상하다 보면
온몸에 종소리를 매달고
가녀린 허리를 펴고 여자가 걸어 나올 것만 같다

허공이 뼈대를 세운다 여자의 몸에서 튤립이 시든다
그러나 직립은 멈추지 않는다

직립은 목적이고 혁명이라서
꽃은 와병을 끝끝내 허락하지 않는다

어머니의 계절

빈집엔 봄이 오지 않고 여름도 오지 않고 빈집의 계절만 서성거린다

빈집은 쉽게 들어갈 수 없고 대문 안에 들어서도 속이 잘 보이지 않는다 그곳은 시끄럽고 어스름한 저녁 누구라도 거부하는 빈집만의 습관이 있다

그림자 없는 대문에서 빈집의 툇마루를 바라보면 그곳은 포근했던 무릎, 포근한 미소가 떠올라 헐렁한 하루가 부풀었다 사라진다 눈을 감고 나는 경직된 다리를 뻗는다

가끔 무릎을 내어주는 거기, 정류장처럼 너그럽다 잡초들이 슬그머니 들어와 영역 다툼에 휘말려도 장독대의 도깨비풀이 항아리 속을 욕심 내어도 그냥 말줄임표만 사용할 뿐이다

빈집은 기다린다 밤나무가 뒷마당에 밤톨을 툭 툭 던지고

바람이 기왓장을 와장창 깨뜨릴 때도 빈집은 그냥 “좋은 날이야”라고 말한다 빈집은 어느 때보다 여유로워 멀리 떨어져 있어도 욕심을 부리지 않는다

내가 바라보는 집이 자꾸만 멀어져 간다 그 집에 가까이 가야 한다 들어가 마당을 지나 툇마루에 가서 닳은 무릎을 위로해 주어야 한다 어머니의 계절

고장 난 트렁크

당신은 안에 있나요 밖에 있나요

안에 있는 당신과 밖에 있는 당신은 같은 목소리인가요
트렁크처럼 놓여 있는 당신은 비밀번호를 누를 때마다
긍정도 부정도 아닌 신호음만 냅니다

이동이 이동을 모르는 것처럼
바퀴가 바퀴의 속도를 버린 것처럼
하나의 표정만을 살고 있습니다

그런 당신과 나는 날마다 안부를 주고받아요
나는 말을 걸고 당신은 내 손을 잡습니다

당신은 왜 내내 지퍼를 꽉 물고
고장 난 트렁크 흉내를 내나요

나는 안쪽을 기웃거리는데 당신은 이미 여행을 떠나고 없

습니다

경쾌한 저녁을 연주하던 도마소리가
안쪽으로 들어가지 못하고 떠돌고만 있습니다

안쪽엔 내가 모르는 이정표가, 아니 어떤 목적지가 있는 걸까요

나는 알약을 건네고 당신은 알약 수만큼 뜻 모를 감탄사를 연발합니다

기억을 빨리 닫아버리는 당신, 나만 그 언저리를 내내 맴돕니다

무한 화서*

화서의 중심은 허공이죠 참 능숙한 숨소리로 허공 속을 걸어가고 있군요 그래도 함부로 비밀을 발설하진 마세요 그 즉시 색은 경직되고 자세는 태양만을 향해 고립되고 말 거예요

나팔꽃은 감정을 살린 꽃 모양을 만드는 일이 난이도 높은 작업은 아니라는 듯, 섬세하고 부드러운 손길로 더듬어 나가고 있었어요 그때 감각이 자라났어요

돌담을 만날 땐 슬쩍 타고 넘는 여유를 내밀기도 하고 구렁이에게 굿모닝, 굿 애프터눈 인사도 나눌 줄 알았어요 소나기가 오면 슬쩍 꽃을 닫고 좌선을 하면서 씨앗을 계획했어요 공중에 올라 공중을 놓아주어야 할 땐 문득, 잉태가 단단해졌죠

---

* 이성복 시인의 시론

아, 오늘은 앞집 해바라기를 만나더군요 휘감아 오를 적엔 목을 조르는 상상을 하면 절대 안 돼요 부드러운 솜털의 느낌을 살린 센스로 웜홀을 구성해야 해요 힘을 너무 실어 감으면 바람의 안쪽까지 닿을 수 없어요 노랑을 껴안을 수도 없구요

담장 너머 저녁은 처음이네요 아찔아찔, 현기증은 거미에게 맡기고 옆집 아이에게 추파라도 던지는 걸까요 아이가 창밖으로 고개를 내밀어요 개 짓는 소리는 아이의 눈동자에 고이고 있으니 안심해도 돼요 뿌리가 잔뜩 힘을 주고 있겠죠 보라가 너머에 잔뜩 번지고 있어요 무한 화서를 향한 줄기의 네트워크가 무척 황홀해요

제 2 부

옹이의 독백

흔적은 기억을 벗어난 무늬, 퇴화된 발자국과 숨소리가 나이테로 휘감긴다 무늬는 왜 당신을 확장시키고 있을까 물음은 미궁 속 독백으로 뭉친다

단단한 것들은 회오리 눈을 가진다 눈은 어둡거나 선명하다 소용돌이가 깊어지면 층층이 몸을 포개어 긍정과 부정의 모순을 쌓는다 아무도 모르게 안쪽이 고인다

매듭이 말을 걸어온다 당신은 매듭으로 의자와 책상을 만든다 줄이 튕겨질 때마다 작은 세포들과 새들의 울음이 깨어난다 향이 끝없이 들락거린다 펼쳐지는 형상, 모서리와 이름들

또 하나의 그루터기를 가진 당신이 나를 본다 굽은 등으로 굳은 내력을 요약 한다 이별 앞에서 내게만 보이는 옹이, 침묵을 품고 있다 문득, 밑동에서 솟구치는 가지들처럼 당신의 독백은 상처가 만든 그리움이자 집중, 쌓이다가 불쑥 내게 다가 온 것인 거야

이별에 대처하는 세 가지 방식

— 메아리

당신 심장이 돌아오는 시간이 자꾸 늦어지면, 후렴구를 반복하던 노래가 저녁을 쏟아 내요 총총거리던 어둠이 천천히 범람해요 그 발자국이 너였니 개밥바라기가 물으면 나는 깔깔거려요 내 안의 안부를 궁금해 하고 싶지 않는데 내가 나를 혼자 듣는 일이 잦아져요 되돌아온 기억은 현재형일까요 과거형일까요 넌 아직까지 누굴 믿고 있는 거니, 비아냥거리는 새소리가 들려요 내게 자꾸 대답하는 내가 거슬려요 나는 어떤 세계로부터 분리되고 있는 걸까요

— 에코肉管身管體管

그리움이 증폭되어요 멀어진 속삭임은 누구를 향해 있을까요 내 몸은 허구의 자리, 몸관악기처럼 울림통이 넓어져요 부딪치는 습관이 저절로 생겨나요 부딪친 자리에 고이는 우울, 편식하듯 집착해요 욕설이 입안에서 맴돌아도 방치하고

혼자 노래방에 가서 노래를 불러요 코러스를 넣어줄 사람은 어디 있나요 여운은 어디까지 흘러갈까요 입안에 갇힌 음들은 계속 웅웅거리는데 제 기분뿐인 반주곡들, 1절과 2절 사이에서 나를 들켜요 파열이 될 때까지 나는 나를 부추기며 그리움과 대작해요

— 허밍

슬픈 콧노래와 다정한 콧노래는 달라요 서로 다른 유전자로 변이 되었죠 와인에 섞여드는 은밀함이 테라스를 끌어당겨요 극적인 배경이 나와 밀착해요 그때 슬픈 콧노래가 맴돌아요 그러다 전화벨이 울리면 금세 다정한 콧노래를 흥얼거리죠 그런데 '그러다는' 영영오지 않아요 망설임은 내가 내게 들키는 기다림이겠죠 콧노래가 무거워져요 방향도 없이 불어오는 라일락 향기에 올라타려고 해요 테라스 너머에 어떤 허밍이 있나요 내 허밍은 왜 당신이 될 수 없나요

시소의 감정

너는 풍선을 불고
나는 풍선을 터트리고

너는 하늘 공원으로 날아오르고
나는 풀밭으로 내려오고

의자에 힘점이 생긴다

힘점의 지지력에
손사래 치는 나뭇잎들
잘근잘근 씹히는 오징어 다리
조금씩 쌓여가는 어지러움,

오백 시시의 눈금과 삼백 시시의 눈금에
우리는 눈썹을 걸어 놓는다

우리는 교대로

올라가는 추락

내려오는 상승

하늘로 솟는 풀밭

풀밭으로 착지하는 하늘

순간, 호흡을 가다듬고 서로의 등을 가만히 쓸어주고

우리는 다시 거품을 만들고 거품을 빼고

너는 이륙하는 말들을 허공에 띄우고

모르기 때문에

모르기 때문에 나는 자유롭습니다

모르기 때문에 꽃 가까이에 갑니다

모르기 때문에 당신이 다정합니다

모르기 때문에 별이 더 초롱초롱합니다

모르기 때문에 아내가 여자로 보입니다

모르는 사이 모르는 것들이 서로에게 기댑니다

모르기 때문에 이별이 몽상적입니다

모르기 때문에 아침이 상쾌합니다

모르기 때문에 출근을 합니다

모르기 때문에 모르는 것들이 다칩니다

모르기 때문에 난간의 목소리가 들립니다

모르기 때문에 겨드랑이에 날개 돋는 것을 방치합니다

모르기 때문에 모르는 세계에 진입합니다

은밀한 상자

얼굴과 얼굴을 맞댄 선이
애각(崖脚)인 너는
열리다 바로 닫히는 출구 혹은 단단한 입구

모르는 발신자 앞에서 출처를 읽는다
기억을 더듬어도 알 수 없으니 상자는 압축 파일이다

무엇을 감추고 있는지 그 안이 과정인지 결과인지 크기는 말해주지 않는다

사과 속의 과육보다 오늘은 너에게 배달된 택배 상자가 은밀하다 너는 고양이를 사랑하고 방치했으니까 안쪽에는 웅크린 저녁이 숨죽이고 있을지도 모른다고 생각한다

저녁이 고압적이고 신경질적일지라도
고양이 속에서 배고픈 상자가 걸어 나오는 상상은 쓸모가 없다

쓰레기봉투를 헤집는 저녁,
나는 상자 속에 또 다른 상자가 들어 있을까 봐 여전히 열지 못한다

표정과 표정 사이에 골목이 만들어지고 안개가 차오른다
골목을 덧대던 안개 속으로 상상이 침몰한다 가르랑거리던
안개가 걷혀도 나는 여전히 기다리는 사람

택배 상자를 하루 더 보관한다
그러니까 나는 여태껏 상자 속 선언이 두려웠던 거다

붕대

상처는 통증을 감각하는 순간 환해진다

통증이 온몸을 관통할 때
내 유아기는 밤 9시에 째깍째깍 살아난다
응급실은 왜 밤인가, 나는 왜 밤에만 사건이 되는 건가
니들 홀더의 찰칵거리는 소리로 내 다섯 살이 꿰매진다
조막만한 심장이 아득해진다
마취 속 불길한 상상은
엄마의 숨소리를 지나
내가 이 세상 아이였을 때로 거슬러 올라간다
소란스럽고 내밀한 심장의 말은 그때 탄생했을 거야

감싸 안는 것들 속에는
다정에 기대어 안으로 깃드는 흐름이 있다
뒤척이던 바깥이 잠시 멎고 빗나간 마음들이
내부의 따뜻한 결을 만든다
통증을 견디는 동안 언어는 쑥쑥 자라나 고딕체가 되고

뒤섞이는 얼굴들은 흉터로 남아 전환점이 된다

감겨 있던 흔적의 깊이가 풀어지고
웅송그린 시간들이 안쪽에서 날개를 편다
심호흡하면 날아오르는 숨,
누구에게나 감추어진 행간은 있지만
은밀하게 심장을 덜컹거리게 했던 그 소리는 없다
이젠 흉터가 말을 걸어온다고 해도 당황하지 않는다
그건 통증이 통증답게 노래하는 방식

노래 속을 다섯 살 아이가 차분하게 걸어 다닌다

염소와 말뚝

등고선이 꿈틀거린다

수시로 생겨나 변형되어 가는
그곳의 지형은
친밀했던 무늬와 낯선 무늬가 동시에 돈다

가끔 둘레에 갇히는 사람들이 있다
서로의 등으로 울타리를 만드는 것
그러니까 담쟁이넝쿨이 좋아하는 벽이 되는 것이다

흔들리는 벽을 세우는 사람들은
반경이 정해지지 않은 경계를 만들어 낸다

간격과 간격 사이,
소유권이 웅크리고 있다

서로 다른 상징들이 대칭으로 물고 늘어지면

각기 다른 해석으로 풀밭이 조금씩 사라진다

내 안엔 여러 개의 끈이 있다
끈으로 묶인 나는 경계 속에서 늘 배회한다
그럴 때 끈은 목줄일 수 없다

말뚝을 뽑아 다른 곳으로 옮긴다
풀밭이 자유롭다
허공을 향해 뿔이 조금 더 자란다

불면

나는 폭설에 갇혀 있다

폭설 위에 눕는다 폭설은 가볍고 부드러워
나는 바닥으로 떨어진다 움직이면 폭설이 무너진다

바닥에 누워 폭설이 녹기를 기다린다
창문이 없고 대문이 사라진 벽, 벽뿐인 시간

문득 폭설이 사라지지 않는 마을에 대해 상상한다

뒤척이는 몸이 열려 있다 바람이 후드득 불어올 때
앞 계곡 까마귀 깃 치는 소리에 갇힌 나는
고치 속 애벌레처럼 깜짝깜짝 놀란다

폭설이 사라져도 젖지 않는다

폭설을 쓸고 있는 흐린 빛과

들뜬 바람이 창문을 기웃거려도
빗자루 주변으로 검은 발자국이 맴돌아도
나는 폭설이 주저앉은 마을에 여전히 갇혀 있다

이마와 이마가 맞닿는 간격의 거리
너와 내가 화해하기에 충분한 거리, 그러나
핫케이크를 들고 찾아온 이는 없다

아침이면 대문을 기웃거리던,
차마 담을 넘지 못하던 슬픈 그림자 하나 빠져나간다

길의 잠적

장미꽃과 내 눈썹 사이
고양이가 지나가고
길이 사라졌다고 생각하던 찰나
울타리 밑의 풀꽃들이 머리를 흔든다
나는 모르고 풀꽃들만 아는
그 길은 어디일까
궁금해지려는 순간
웅크렸던 풀들이 한꺼번에 일어선다

풀꽃들과 내 눈썹 사이
고양이가 다시 나타났다 사라진다
사라진 길 끝에서
사라진 길을 상상하며
내가 아는 길과
너만 아는 경계가
한 번도 만나지 않은 이유에 대해 골몰한다

고양이가 눈을 치켜뜨고
장미꽃들이 건들거리고
전봇대 아래 놓인
옆구리 터진 쓰레기봉투까지
모두 한통속이었던 거다
내가 변방이고 이방인이었을까

골목을 빙 돌아 나온 바람이
나를 이해한다는 듯이
담쟁이넝쿨과 함께 고개를 끄덕여 준다

장미꽃과 내 눈썹 사이를
고양이가
비린 내 생각을 꽉 물고 지나가고 있다

두더지

어느 가파른 계단을 오르다가 흔들리는 버스의 뒷좌석에서 덜컹거리는 생각으로 덜컹거리던 나는 두더지가 되어갔다 바람 부는 풍경 속에서 보푸라기 같은 바람을 털어내다가

골방에 들어가 컴퓨터 속 표정과 언어를 습득하며 어둠을 옹호하다가 어둠이 되어 갔다

어둠의 안쪽은 창문을 흉내 내는 늪지대만 있어서 푹푹 빠지는 불안을 어루만지며 달팽이의 느린 걸음을 답습하다가 개구리의 뒷다리에서나 빛의 냄새를 맡는 두더지의 습성을 닮아 갔다

빛은 머리 위 계단에서 빛나고 골방의 세계는 굳건하고 컴퓨터 화면은 나를 교란시키기에 충분해서 점점 시력을 잃어 갔다

어둠에 대한 식욕을 제어할 수가 없었다 어둠을 또 다른

빛이라 부르는 종족들과 함께 더 진한 어둠을 파먹었다

계단은 여전히 가파르고 나는 지층 아래로 아래로 자꾸
가라앉았다

골방의 창문은 언제쯤 열릴 수 있을까

나는 어둠보다 더 어두워져 갔다

카푸치노 카푸치노 카푸치노

당신이 없는 금요일 밤을 저으면 거품만 일지
거품을 몰고 오는 회오리바람, 검은 골짜기 따라 표정으로 피어오르는 이 소문의 진원지는 어디일까

손끝에서 나열되는 거품의 목록들
거품은 부풀어 내 심장에 그늘을 들이고서야 사라진다

당신이 있는 화요일을 젓는다 사라지지 않는 거품들, 심장 속까지 번진다 심장 속 얼룩들이 향기를 품고 발아한다

내가 없는 수요일에 당신이 오전을 저으면 작업실 한켠 이젤 속에 꽃비가 내린다 꽃무늬 옷을 입은 바람이 격정적인 춤을 춘다

내가 있는 목요일에 당신이 당신을 저으면 내가 없는 쪽 풍경만 살아난다 그러다 내가 바라보면 그 풍경마저 시들고 만다

당신도 나도 없는 토요일에 달콤한 것들이 먹고 싶은 당신의 여자가 마카롱을 사러 간다 거기엔 간결한 단맛의 간편함이 있다 그 어떤 것도 젖지 않는다

밀물처럼 먼 곳의 기억들이 몰려온다 심호흡할 때마다 펼쳐지는 여백의 풍경들, 밤 시간 속에서 더더욱 떠나지 않는 파편들

달콤한 것을 먹어도 단맛에 섞여들지 못하는 나
언제부터였을까
이젤 속 여자가 누구인지 궁금해지던 순간부터였을까

간절기 병을 앓다

나는 방울새 소리 안에 있었다 동글동글 허공이 굴러가고 계단의 시선이 삐걱거렸다 나는 창밖의 나뭇가지에 걸려서 나풀거렸다

집으로 돌아가지 않고 새소리 속에 있었다 이야기와 이야기 사이에서 내가 나를 위해 울어주고 어떤 규칙이 무너지고 새로운 문이 열렸다 그 문을 따라 내가 아닌 나를 따라나섰다

새소리 속의 나와 새소리 밖의 나는 서로 모르는 척 웃어주었다 내 귀를 누군가가 자꾸 열어 놓거나 밖의 나를 묶어 놓으려는 의도로 팽배했다

혼자된 어른과 혼자된 아이가
시소를 타고
바닥을 벗어나려 발을 동동거리고 있었다

삐걱거리며 나는 수평이 되어가고
이쪽도 저쪽도 아닌 높이에서 간절기 병을 앓고

창밖에 도착한 봄, 방울새가 나를 덥석 물고 날아올랐다

얼굴이 주르르 흐르고 있었다

자물쇠를 열다

먹통이야 먹통, 먹통이라고 되뇌일 때마다 깊어지는 동굴, 비밀번호를 잃어버린 문 앞에서 갈등이 번지는 순간을 막막함이라 하자

막막함 안고 동굴을 헤맨다 눈먼 박쥐가 된다 빛과 어둠이 한 생처럼 매듭으로 묶이기도 한다 입구와 출구가 한 몸인 것에서 어느 쪽 쓰임을 선호할까

매듭은 만지작거릴수록 더 부풀어 오른다 다정한 생각은 어느 각도에서 피어나나 매듭 끝에 몇 개의 구릉을 만든다 그 위에서 폭발하지 않은 심장이 전설처럼 떠돌다가

한 행의 문장에 날개를 달아 준다

포기할 수 없는 어떤 출구를 찾는 일은 빛과 어둠의 각을 잘 맞추는 일

통점의 자리는 낯선 감정이 만들어 낸 벽
벽을 밀면 동굴 속 우리가 보이니까

먹통이야 먹통이라고 말하는 너는 네 소문이 풍문처럼 번졌던 것을 모른다 한 감정이 다른 감정으로 뒤집어쓰듯

먹통 속에서 너의 부재가 만져진다

멀어지는 너를 뚜렷하게 감지하기 위해 귀가 더 예민해진다

제 3 부

잠이 환하다

손으로 움켜쥐면 뭉쳐질 것 같은 밤이다

어둠은 어떻게 나비를 훔쳐 내었을까

향기가 나를 베고 눕는다

허공과 바닥 사이, 어디에도 꽃은 보이지 않는다

허공은 접혀 흐르는 중이다

나비가 뒤척인다
나비가 사라지면 나도 사라질 것 같아
향기의 방향으로 눕는다

나비와 향기를 빼앗긴 꽃들
꿀이 없는 꽃들이 내 잠 속에서 핀다

내 잠이 그리움도 없이 환하다

알레르기

네가 찔레꽃을 감각하고 있었나

찔레 향기가
다른 세계의 형식으로 너를 서술하고 있다

얼마나 자주 너의 계절로 나를 깨울 것인가
팔랑팔랑 나풀거리며 풍기는
소독약 냄새가
눈을 감았다 뜨게 한다

창백한 허공

방금 전 네가 있던 자리에
발진이 하얗게 피어
허물어지고 있다

잡지와 함께 넘기던 네 손가락 사이사이의 거즈가
하얗게 부풀었다

그곳을 만진다
손끝이 아리고 환한 통증이 전이된다

바람의 손이 시들어가고
찔레 줄기처럼 앙상한 네가
충혈된 꽃을 내놓는다

염증은 밤을 앓고 밤은 너를 앓는다

오월엔 딱지가 너무 많아서
너를 수용하고 나면 생각이 자꾸 간소해진다

각질처럼 하얗게 쌓인 꽃잎들
쏟아진 향기 속에 나의 몸을 묶어 둔다

온 세상이 가렵기 시작한다

구성을 위한 구성

구성이란 말속에 들어가 보면 사이클이 있다

가끔 끙끙거리는 소리가 난다
크게 때론 작게 숨소리가 요동칠 때마다
서로에게서 달아나는 분위기
우리는 각자의 패턴에 충실해서
나는 숲을 구성하고
당신은 건물을 구성한다

나무와 나무 사이
내 스텝이 명랑하게 뛰어다니고
도시적인 것을 좋아하는 당신은 여백과 멀어진다
블럭과 블럭의 간격을 수시로 좁히는 당신
공터의 허공이 사라지자
나의 상상이 간략해 진다

왜 나만 식물성에 젖어 있는가

나의 쓸모가 빌딩과 자주 부딪친다
구성은 타협이었을까 묵언이었을까
안과 밖에 무분별한 스토리가 형성된다

금요일의 풍경에 새로운 나무를 심어도
잎은 자라지 않고
골목은 도식적으로 무너질 준비를 한다
그늘이 풍부해진다

나를 재구성하려는 당신은 미숙하고
나는 당신을 끼워 맞추지 못한다

매미의 간증

오래 묵은 소리줄기가 생생한 간증을 시작 한다 한 낮의 리듬은 스타카토가 되고 반복된 소리로 가득 채워진 세계는 집요하게 뜨겁다

매미라도 되어 볼까 B02에서 9년이면 날개를 펼 만도 한데 목소리 한 번 제대로 내지 못한 채, 나는 열대야 속에 웅크리고만 있다

간절함은 왜 밤 속에서 더 꿈틀거리며 몸피를 불리는 걸까 저 뜨겁고 저돌적인 구애들, 계단 아래까지 굴러 떨어지는데 비난 할 수가 없다

하루 종일 어두웠던 태도가 욱신거린다 그 많은 면접의 숫자들, 탈피를 거듭하려 해도 날개를 갖지 못한 나는 여전히 지상을 향해 구애 중이다

긴 어둠을 집대성한 저 음가들, 오후 2시가 귀 따갑도록

상상을 부추긴다 나는 언제쯤 변태를 끝내고 지하를 탈출한 긴 수기를 간증할 수 있을까 물 밖으로 던져진 어족처럼 젖은 생각들이 팔딱거린다

엉겅퀴, 잠시 불러보면

이 세상 가장 빛나는 집중이 보여요

독이 없는 살을
잔뜩 품고
하루 종일 나비를 기다리는
꼿꼿한 의지를 보아요

만개한 엉겅퀴 꽃, 그건
시위를 당겨 놓기 직전의 화살
그 많은 살에도 나비는 다치지 않고
짙은 어둠이 내려와도 직립은 본색을 잃지 않아요

들판이 엉겅퀴 꽃을 빚어 더욱더
붉게 타오를 땐
하늘의 절정이 아찔하기만 하죠

누군가 엉겅퀴, 잠시 이름을 불러보기만 해도

들판의 중심이 달려와요

촉발된 보라의 안쪽, 그 중심에 빠진다면
그의 한 시절도 아마
엉겅퀴와 같은 야생일 거예요

6월만 되면 들판이 술렁거려요
중심이 되지 못한 이름들을 위해 나비들이 날아올라요

뜬구름 하루

습관처럼 뜬구름 잡는 건 위험해 그래도 위험해지고 싶을 때가 있는 거지 뜬구름 잡고 있는 손이 가끔은 달콤하기도 하니까 바람 불 땐 가끔 흔들려 줘도 되는 거야 나를 놓아주고 내 안의 나를 지워 보면 구름 한 덩어리만 남게 되지 구름이 더 가벼워질 때까지 내내 몽상 위를 걷는 거야 걷다가 싱싱한 야채 과일 왔어요 중고 가전제품 삽니다 확성기 소리가 들리면 스텝을 밟던 구름 위에서 살짝 내려오는 거야 누군가 나를 부르지 않으면 말풍선에 갇힌 내가 갑자기 펑 하고 터질지도 몰라 구름 속에 왜 너는 없고 나만 잔뜩 있는 걸까 걱정할 필요 없어 먹구름 아래서 흠뻑 젖는 것도 매번 나니까 웃고 있으면 금방 휘발될 수 있으니까 뜬구름 하나 없는 너는 부재중일 뿐이야 부재의 골목이 있을 뿐이지 내가 도착한 네 집 창문의 불은 여전히 꺼져 있어 수증기 방식으로 네게 스며들고 싶었는데, 너의 후렴구에 마냥 젖어 들고 싶었는데 창문은 여전히 닫혀 있고 골목의 날씨는 낯설어 지고…

모과 향이 둥글어질 때

내뱉고 싶은 마음들이 내뱉고 싶지 않은 마음들이 자꾸 툴툴거릴 때 모과 향은 둥글어진다 한쪽 눈 찔끔거리며 바라본 마당 한편이 환해진다 바글대는 향들의 만찬

심호흡 후 길게 말하고 싶은 심연(心緣)이 살아난다

어제를 오늘의 방식으로 나열하는 감정들이, 우연처럼 다가온 우연 아닐 것 같은 일들이, 명랑하거나 눅진한 허공에 번질 때 바람의 흔적이, 흔들리다 얇아진 얼룩이, 꽃비가 되어 내릴 때 우산 속, 우리 아닌 우리가 우리라는 감정을 노래할 때, 거짓말 앞에서 비밀스럽던 눈물이 흐를 때 모과는 도란도란 섞인다

부패의 방식으로 부패 아닌 것들을 위해

시시콜콜한 생각들이 쏟아져 모과 속에 네가 고인다

나의 큐브

부딪힐 때마다 각이 생기는 것 같아
면을 자꾸 지우고 있어
흔(痕)은 점점 늘어나고 적(迹)은 곳곳에 흩날리고
나는 조금씩 접혀 지고

처음 생긴 각, 그것은
낯선 마음이 잠시 헛디딘 허방의 자리일거야
그 속으로 낯선 우리가 숨어든 거지
한동안 드나드는 숨결이 없었어
우린 온기 없는 어떤 입체가 되어갔던 거야

면과 면을 맞대고 찾아온
날 선 감정을 벼랑이라고 불러도 될까
모서리는 마지막 질문이거나 혹은 달아나는 처음이니까

마음은 각이 없는 거야
그렇게 믿고 싶었어

네가 방향 전환을 요구할 때
외면이 외면의 시간을 견디고 벽에 부딪혀 울 때
눈물은 결코 모서리가 아니었어

벽이 무디어진다는 건 구석을 허무는 일일거야

어떤 모서리였을까
마침내 튀어나온, 입안에 갇혔던 말들 속
옆구리가 되지 못하고
옆구리의 가파른 경계만 품었던 우린

봄의 오류

봄의 톱니바퀴가 가끔 불안하다
한 계단을 생략하여 오르거나
두 계단을 물러서기도 하며 오류를 범한다

봄은 파장의 중심에 있다
파장 속 오류가 밖을 꿈꾼다
그건 봄에 닿을 수 있다고 믿는 몸의 선언 때문

어떤 힘이 봄의 톱니바퀴를 미끄러지게 했을까

바람이 지금도 꽃무덤 만드는 일을 멈추지 않고 있다

바퀴의 혼란스런 이탈로
3월의 눈송이와 꽃무늬 원피스 사이에서
봄은 변종이다

나만 혼자 다른 계절인가

구름도 검증 계산법에 몰두하고 있다

호흡과 호흡이 어긋나지 않을 때
세상은 다시 분주해지고
어떤 정교한 손길이 봄의 사상을 뒤집는다

세상 밖에 축을 끼우고 삐툴빼툴 돌리는 자, 누구인가
다시금 힘의 모멘트가 한 뼘 더 기울어지고 우리는
가까운 곳에서 포옹을 잃는다

지금 저 앞 담장 위에서
목련꽃이 하나 둘 피다가 다시 떨어지고 있다

이방인

스스로 검게 변하는 형광등의 뒷목

젖은 빨래를 말라가게 하는 게으른 고요

돌돌 말리면서 깎이는 사과의 길

익숙했던 것들이 오늘부터 낯설다

나를 철저히 외면한다

3분 카레를 기다리는 길고 긴 3분

냉장고가 닫히는 순간 어두워지는 밀실

내 것이 아닌 신발들의 질서 정연함

아무도 없는데 현관 센서 등이 켜지는 새벽이

갑자기 1인분을 쓱 내미는 적막

천진하게 웃으면서 다가오는 태양 앞에

낯설다고 생각하는 생각조차 낯선 나의 한숨

나를 헤집어 놓고 간 누군가의 흔적들이 모두 낯설다

어제의 나를 만날 수 없다

삵

발톱을 날려요 발톱을 날릴 때는 과감하게 던집니다 발톱이 없으니 경계가 날아가요 경계 너머에선 다정과 악수가 가능해지죠 당신 앞에선 절대 위험한 야생이 아닙니다

나는 비밀에 익숙하지 못해요 어둠 속에 고이는 소리에 민감하고 어둠 안쪽으로 걸을 때 더 날렵해집니다 밤은 나와 같은 표정이어서 내 얼룩무늬 옷이 펄럭이는 것에 동의하지만 나는 지금도 밤을 좋아해서 야행성을 껴입습니다

근질근질한 털을 어루만집니다 털의 욕망, 털의 관점에 따라 당신에게 상처 내던 끈질기고 단단한 느낌을 지웁니다 갈라진 틈으로 부드러운 온기가 흘러들지요 낙법이 필요 없으니 위악적인 자세도 사라집니다

모서리가 둥글어집니다 나는 어둠을 잘게 잘게 씹기 시작하고 밤의 부피를 줄여갑니다 당신을 향한 집착을 내려놓고 애완의 태도를 껴입습니다

언제든 울음소리를 흉내 낼 수 있습니다
당신이 울타리에 골몰하기만 하면…

봄, 지평선 그 위의 애벌레

정오의 햇살이 경운기를 재촉한다 대문 밖은 아직 나른하고 담장 위 목련의 졸음이 뭉클 만져진다 소란한 경운기 소리에 골목이 일어선다 나른함이 깨어지고 골목이 술렁거리면 들판을 향하는 길도 부산해진다

모퉁이의 살구꽃, 내게 한마디 툭 말을 건넨다 대꾸할 겨를도 주지 않고 다시 툭 툭 날린다 그 말들이 모퉁이에 하얗게 쌓인다 나는 그 두서없는 말들을 정리하려 잠시 쪼그려 앉으려 하는데, 속독으로 읽어내듯 바람이 그 말들을 순식간에 허공에 펼쳐 보인다 허공이 그 말들로 환하다 버린 말들로 인해 살구나무 가지가 무거워질 것이다

스멀거리는 이 느낌, 조금 전까지 보일 듯 말 듯 허공을 붙잡고 있던 애벌레가 내 몸속에서 꿈틀댄다 고치 속만큼 편안한 것일까 벌레는 달콤한 고독의 형상을 하고 있다 곧 날개를 달아 줄 테니 잠깐만 참아 달라는 표정, 참 당돌한 순간

나는 툇마루에 누워 적막을 다시 끌어온다 적막은 안으로 삭혀 내는 시간이리라. 실한 열매를 내어놓을 때까지 살구나무는 말문을 닫고, 애벌레는 묵언 수행이 끝날 때까지 날개를 기다릴 것이다 나는 적막 안에서 무엇을 삭혀 내어놓아야 하나, 봄날의 지평선이 하얗다 들판 속엔 경운기 소리 요란한데…

라쇼몽의 시간

열차가 도착합니다 안내 방송이 여러 번 반복되고 보일 것 같은 너는 보이지 않고 또 다른 기억 속으로 발소리들만 뛰어든다 도착과 출발 벨 소리 사이 착란을 세워 두었는데 그 착란들은 다 어디 갔을까 의식이 서로에게 흩어졌다 나누어진다

내가 찾는 기억만 왜 내 앞에 없는 걸까 실감은 몸으로 증명한다고 하던데 내 몸은 그저 시간의 무덤, 엇갈리기 위해 태어난 사람들처럼 서로 멀어지는 방향으로 지하철을 탄 건 아닐까 우린 기억하고 싶은 장면만을 기억했는지 모른다

나를 정지 화면에 세워두고 지속적으로 나를 반복하던 기억을 우적우적 되새김질한다 기억은 맛이 없고 감정이 없다 차라리 전부 삭제해 볼까 한 기억을 버리고 나자 무수한 내가 발생한다 헐레벌떡 뛰어나가던 기억의 출구가 유연해 진다 그런데도 너는 여전히 보이지 않고 나는 나를 확신하지 못한다

디지털 시대에 기억이 나를 볼모로 잡고 있다 기억이 나의 아바타였는지 내가 기억의 아바타였는지 알 수 없는 지금, 내가 찾는 기억은 대체 어느 역에 있는 걸까

탱자

탱자탱자 반복하다 보면 탱자가 될 것만 같다 탱자를 버리고 탱자를 얻는나 벽과 벽 사이의 탱자, 탱자의 맛을 뒤집어쓴 탱자, 내일은 다시 오지 않을 것 같아 탱자탱자 논다 365일 놀이를 하다 보면 탱자 가시에 찔리는 것보다 더 아픈 것이 올 것만 같아 잠속에 탱자를 버린다 뒤돌아보면 문득 자라난 악몽, 나는 더 이상 가시와 놀 수가 없다 계획을 껴입게 하는 탱자, 이른 새벽 넥타이를 매고 골목을 걷는다 진짜 탱자를 만난다 가시울타리 너머 살고 있던 그녀는 탱자를 잊고 울타리 밖으로 떠났겠지 탱자는 노랗고, 사소함 속에서 시디신 미래를 품었겠지 그런데도 버리기 힘든 탱자, 이젠 나를 길들이면 좋겠는데 입안에서 탱자탱자 탱자가 굴러다닌다 경계를 세워도, 경계를 섞어도 여전히 탱자로만 남는 탱자, 어디든 탱글탱글 굴러가다 보면 울타리 없는 세계를 만날 수 있겠지

제4부

셰이크

나는 섞이기 싫다 커피도 딸기시럽도 질척거려 끊임없이 빠져드는 나만의 늪을 원해 나는 이미 저녁 9시에 도착해 있어 저녁 9시에 도착한 수다 속에 있는 거야 휘휘 저어야 하니까 손끝은 바빠 어둡다가 밝아지는 습관을 창문 앞에 세워두고, 저녁이 한 가지 성분을 고집하는 것을 애증의 눈으로 지켜보고 있어 지금 난 예측 불가능한 빨대의 순간인지도 몰라 카페를 나서면 불안은 질서 없이 사방으로 뻗어갈지도 몰라 거리는 내 무질서를 방관할 거야 불안이 불안 밖으로 범람하고 있는데, 마주치면서 마주치지 않는 눈동자들이 싫은데, 혼자서 희석되고 있다는 기분, 정말 내일은 완벽하게 혼자될 수 있을까 의문에 의문의 꼬리를 자르고 내가 완전히 사라지도록, 내내 사람들과 섞여볼까 이럴 땐 누군가 다가오는 것은 싫어 내 생각을 다 읽고 있는 당신마저도 …

멍의 소용돌이

그래, 누군가는
바다가 몸에 깃든 흔적이라고 말할지도 몰라

산발적으로 생겨난 푸른 웅덩이, 미처 빠져나가지 못한
소용돌이가 만든 자국을 보며
나도 썰물의 바다를 상상하기도 해

비명의 크기로 그 깊이를 가늠할 수도 있을 것 같은데

웅덩이의 색이 점점 더 파래진다

몸 안에 바다를 들여 본 적 없는데
자꾸만 비릿한 파도 냄새가 스며 나와
갯지렁이가 꿈틀꿈틀 기어다니는 것만 같아

더 깊어진 웅덩이를 본다
상처가 담고 있는 우울, 그 방향으로 잦아드는 감정들

낯선 시간들이 좀 더 넓게 엎질러질 때
내 안에 깃든 너라는 또 하나의 명도 제 빛깔을 드리운다
그건 타박상이 다시 뒤척이는 징후

바다가 쳐들어왔을까 심장에 해일이 밀려온다

파도가 몸속에서 심하게 뒤집히고 있다

1인 극장

여자가 오늘만은 거울을 보지 않고 이야기한다
가까운 듯 먼 듯
커튼을 치고 커튼처럼 커튼 옆에 앉아 있다

커튼의 용도를 잊고 여자가 웃는다

커튼 위에 어둠은 어둠을 한 번 더 포갠다 소리가 나지 않는다 어둠에게만 들킨다 여러 겹으로 두꺼워진 어둠이 견고하다 견고한 마음이 견고한 마음을 향해 건너갈 때 이별은 암전으로 남는다 여자는 창문을 조절한다 창문 앞에 표정들이 주름진다 여자는 끝내 자신 안에 웅크린 어둠까지 이해할 수 있을까

암전이 암전과 섞일 때

그녀와 황혼은 창문을 함께 공유한다 창문이 창문의 시간을 확장하고 하나의 독백이 또 다른 독백을 부추길 때 이질

감은 7시에서 8시로 이동한다 커튼 안쪽엔 단 하나의 감정이 소품으로 놓여 있다 감정은 쉽게 열리지 않고 적절한 지문을 찾지 못해 정물이 된다

커튼은 연극의 시작과 끝만을 알려주기에 그녀는 결말처럼 앉아 있다

노을이 여자를 삼키고 저녁의 숨소리가 가빠진다 적막이 여자를 지속한다

냉동 인간

그때, 그의 밖은 그렇게 유폐되었다

이제 밖은 바깥의 소관
그러니까 그는 스스로 유형지가 되었다

유형지의 방식은 미래를 미래답게 하는 것

언제부터였을까? 그는 지금
영하의 기온보다 더 차가운 그늘 속에 있다

자꾸만 깊어가는 그곳은
어둠의 간절기
어둠의 구간을 견디는 계절이 창백하다

멈춘 그가 멈춘 생각을 두드린다
생각은 어디에서부터 생겨난 것일까
확장되는 질문들 속 쓸모없는 믿음들만 번식한다

추위를 모른다
그림자를 모른다
감정을 모른다

출구를 찾지 못한 시간이 그를 통과한다

그 어떤 것도 조절되지 않는 밤
기억이라는 단어마저도 기억나지 않는다

욕망을 지속하던 그는 결국 미래 속에 방치되었다

오후 2시에 누군가를 껴안은 적 있다고
기록만이 증언하고 있다

산딸기 랩소디

오돌오돌 떨고 있네 어머
붉게 달아오르고 있어
타고 있는 불꽃이 꺼지지 않아
만지면 뜨거울 것 같아
이 가시는 뭐지?
부풀어 오른 내 말풍선을
찌를 것만 같아

가시를 뺀 말들은 달콤해서
바구니에 사뿐사뿐 담고 있어
열다섯 소녀가 재잘거리는 저녁이
이제 곧
흥건하게 펼쳐질지도 몰라

탱탱한 이것 좀 봐 탱탱함은 사춘기의 호기심,
물방울에 감도는 뭉클함은

산길을 달려온 뜨거운 호흡이야
빨강이 내 몸 곳곳으로 번지고 있어 이건
첫사랑의 환상처럼 나는 시끌벅적해 지고

퍼지는 유월의 맛을 느껴봐
천둥과 비구름과 악수한 기분을 너는 아니?
잊고 있던 새빨간 거짓말의 맛을 아니?
가시덤불 너머에 있는 새콤한 환각들

그러나 조심해야 해, 막 부풀어 오른 가슴을 가시가 탐할 지도 몰라

그 시절엔 상상이 톡톡 터지곤 했지
나는 화사처럼 생각이 매끈해지고
성장통은 있었는지 없었는지 기억도 나지 않아

솜털

이 느낌, 이 느낌은 꽤나 손에게 친절합니다 내 안의 세포 하나하나를 부풀립니다 그 사이 사이에 촘촘하게 스며든 부드러움이 불안을 잠재웁니다 손끝에서 피어나는 꽃들이, 이파리가 풍성한 나무들이, 풍성한 숲을 만듭니다 나는 새소리에 어울리는 스웨터를 짜고 있습니다 한 아이가 내게 숨어듭니다 안에서 통통거리는 아이가 웃고 있습니다 털실이 다정한 풍경을 만듭니다

선크림을 바르면 태양은 사라질까요? SPF 지수가 나를 유혹합니다 UV-B를 조롱할 수 있는 숫자라고 광고판이 말합니다 스웨터의 감정으로 참습니다 오늘도 클렌징을 합니다 나는 매일 밤 오늘의 나와 이별합니다 각질의 세계에 편승하고 있는 나는 매일 나를 조금씩 밖으로 밀어냅니다 소소하지만 나를 살리고 있습니다 나를 살리는 일에 지칠 수 없습니다 가렵던 하루가 사라집니다

가늘고 섬세한 솜털은 푹신한 꿈을 실어 옵니다 민들레

꽃씨처럼 허공을 가볍게 밀어 올립니다 꿈으로 확장된 침대에 한 떼의 양들이 초원을 펼칩니다 초원의 기분은 명랑하고 잠은 달콤합니다 나는 베개를 꼭 끌어안고 초원을 누빕니다 베개 속에서 하얀 나비들이 쏟아져 날아갑니다 나비를 따라 나도 둥둥 떠오릅니다 이불을 끌어당겨 덮는데 메에에 메에에 아침이 시끄럽습니다

집중

선인장을 주시한다

집중의 자세가 위태로워 보이는
색깔과 온도의 크기를 알 수 없는
눈동자에 고여 있다가
실핏줄과 함께 터져 나오는

선인장이 번진다

내 잠 속으로 내 꿈속으로
선인장보다 나는 먼저 당도할 수 없었다
내 잠속은 선인장으로 가득 차 있다
그러니까 내 잠은 오롯이 선인장의 밤
꽃들이 떨어진다
마른 바람이 불어온다
바람은 수직의 자세로 쌓이고
선인장을 둘러싼 풍문이 사방으로 뻗친다

선인장은 오늘의 표정과 어제의 표정 사이
그늘이거나 모서리
선인장을 생각하는 밤은 시리고
생각 안쪽으로 어두운 발자국이 쌓인다

가시에 묶여
가시의 감정에 휩싸였던 울타리가 번져 간다
나는 선인장을 악몽이라 믿지 않는다
판단력은 항상 나 아닌 것들의 기준이기 때문

선인장이 나를 주시한다
내 몸을 향해 다가오는 선인장을
나는 빠져나가지 않고 그대로 방치한다

깃을 세워요 그런데 여름이 와요

겨울은 깃으로부터 완성된다

사람들은 코트 깃을 세우고 공원은 나무의 깃을 세우고

통과하고 싶다는 것은
집요하게 파고들어 오려는 바람과
조율하고 싶다는 것

간결한 높이의 구축

성곽이라는 말을 생각하는 순간
내부가 따뜻해진다
바람의 진로를 흩트리며
한뎃잠으로 서성이는 안쪽, 그러나
바람의 집착은 멀리까지 따라온다

감추어도 감추어도 들키는 것들이 있을 때

가끔 내 속에 들어와 빠져나가기를 거부하는 파문이 있을 때
나는 깃을 높이 세운다
그러나 각이 무너진 잠 속은 헐겁다
누군가 다가와 옆을 내밀어도
악몽에 기대어 나는 흘러가고 만다

어둠에 매몰된 내가 살얼음판을 걷다가 깨어나면
바깥은 온통 낯선 계절
여름이 될 때까지 나는 오래오래
깃을 버리지 못한다

말 백신

네 언어의 갈기에 휘감기는 나는 언제쯤 면역이 강화될까
너의 말에 발진이 돋는다

고삐 풀린 말들이 매번 반성도 없이 내게 바이러스로 번진다 날것의 취향과 의지가 내 안의 급소를 건드리며 극단에 다다른다 또다시 한 계단, 길들여지지 않은 감각은 얼마나 반항적인가 너는 냉소적이고 나의 히스타민 농도는 분기점을 넘어 발열한다

방어벽에 열꽃이 핀다 열꽃은 소문처럼 번진다 소문은 소문을 밀어내고 소문이 밀어낸 너머의 안과 밖 수평이 무너진다 균형을 잃은 방어벽은 롤러코스터의 영역, 감정의 음역대를 반복하며 오르락내리락, 제어되지 않는 스위치에 흔들리는 것들이 막판을 향해 다시 치솟는다 불쾌해진 표정 속 호흡이 가파르다

아직 학습되지 않은 너의 말들이 우글거린다 길들여지지

않는 야만성, 너의 결단과 결론이 한계의 페이지를 넘기고
만다

내 안의 급소를 건드리는 너는 처음부터 과민성이야, 내
안의 짐승들을 꺼내는 건 너야

그러니까, 면역이 필요한 건 언제나 너였어

하울링

늑대의 습성이 여자 몸속에서 자란다 야생이 잉태한다 여자가 지나갈 때마다 생각난 듯 냄새가 다가오고 냄새의 목적이 배경으로 남는다

언제부터 도시에서 여자는 늑대였을까 어떤 절정이 그녀를 꿀꺽 삼키고 말았을까 퇴사 후부터 피가 팔딱거리는 그 여자, 몰아의 눈빛이 이글거린다 웅크리고 있던 말들이 불쑥불쑥 솟구친다 그럴 때마다 누구든 맞닥뜨리는 이들은 심장을 할퀴이고 만다

여자를 여자로 볼 때마다 야생의 표정이 진화했을 거다 여자가 사라지고 늑대가 남을수록 야만의 감각으로 채워졌을 거다 야만을 뚝뚝 흘리지 않는 휴일에도 마침내 세계는 늑대가 불쑥불쑥 출몰하는 악몽에 시달릴 거다

퇴사한 건물 근처에선 절대 어슬렁거리지 않는, 늑대에 가까워질수록 위기를 껴입는 그녀, 끝내 허공을 물어뜯는다 모

든 경계가 빠져나가고 여자가 여자를 벗기 시작한다 늑대가 녹아내린다 남겨진 건 이빨과 발톱이 아니다 새까맣게 탄 심장이다

미라 아이

나는 나로부터 멀어져 있습니다 그러나 나는 삼천 년 동안 일곱 살입니다

이국의 눈을 가진 사람들 사이 나는 올드 보이, 북적이는 풍경들 속 서로 다른 지층을 펼칩니다 내가 모래알처럼 쏟아질 준비가 되었을 때 한 장의 일몰이 잠자던 기억을 완성해 갑니다

추론은 언제나 가능성 밖의 일이지만

흔적들 속을 나는 자유자재로 뛰어다닙니다

옷 솔기에 겹쳐진 슬픈 지문 속의 나에 대해, 성장통 흔적위로 자라난 고요 속의 나에 대해, 당신들은 긍정과 부정으로 나뉩니다 그래도 나는 침묵할 수밖에 없습니다 그건 죽음과의 약속입니다

사냥철도 아닌데 사슴을 쫓아다니고, 태양과 바람과 비에게 듣던 주술이 발설됩니다 전염병에 오래 방치된 나는 누가 만든 계절일까요 모든 이야기의 결말은 당신들 몫이지만 해석은 언제나 동굴의 몫입니다

당신들이 찾고 있는 삼천 년 전 아이로 결코 복원될 순 없습니다

나는 그때 그저 꽃을 향해 들판을 질주하고 있었을 뿐입니다

불안한 공중

거미줄을 감추고 있는 거미는 거미가 아니다 다만 겁 많은 이웃집 고양이다 조금만 가까이 다가가도 담장 뒤로 숨어버리는 이웃집 고양이, 아니다 거미는 소리를 내지 않는다 소리를 내지 않는 것들은 함정을 숨기고 있다 함정은 은밀한 계단의 끝에 있다 나는 그 계단에서 흔들린다 계단의 끝이 어딘지 몰라 흔들린다 숲이 고요하다 거미줄이 없는 숲에 햇살이 무심히 빛난다 거미줄이 없는 숲의 공중은 불안하다 불안한 공중은 망설임이 있고 망설임 안에는 파닥거리는 심장들이 있다 거미가 거미일 때 생겨 날 덫을 생각하며 방황한다 그러나 지금 거미는 거미줄을 감추고 있는 거미다 톡 톡 숲을 두드려 본다 초록은 서로 다른 방향으로 손을 흔들고 거미줄에 고요가 내려앉고 있다 불안이 없는 불안을 평온이라고 해도 될까 거미줄이 없는 거미는 거미가 아니다 조금만 다가가도 담장 뒤로 숨어버리는 겁 많은 이웃집 고양이일 뿐이다 여기, 철탑 속에서 고공 농성을 벌이는 노동자가 있다 불안한 공중에 몰두하고 있는 공중이 있다

팝콘이거나 풍선이거나

장미꽃이 폭발하고 있다 빗방울이 바닥에 닿는 찰나, 정오의 시간이 기지개를 켜고, 고요 저편에 있던 네가 확정적으로 누군가에게 발걸음을 떼는 순간, 그것은 소나기보다 진보적이다 아카시아 향기 그득한 뒷산에선 벌들이 붕붕대며 소통 중이다 폭발한 장미꽃은 어떻게 됐을까 폭발하기 전 닫혀 있던 창문들은, 그때 창밖에 서 있던 나무들은, 나뭇잎 따라 팔랑이던 망설임은, 망설임 안에 갇혀 있던 너와 나의 사이엔 어떤 찰나가 지나갔을까 누군가의 바퀴가 기하학적인 무늬를 만들며 굴러간다 너의 발자국이 화폭 위에서 붉다 장미꽃이 크게 폭발한 날엔 비가 오지 않는다 구름과 바람이 삭제되어, 그러니까 기상청은 오보의 연속, 달팽이의 하루는 길어진다 정오가 여러 빛깔로 오버랩 되는 순간, 폭발한 장미꽃이 팝콘이거나 풍선이거나 솜사탕일 거라는 상상을 해보지만, 나의 상상 끝에는 다만 열려 있는 창문과 창밖의 나무들이 골목에 걸려있다 나는 이것을 접이식 부채에 그려진 그림들이 어느 순간 하나씩 하나씩 기지개를 켜는, 심장이 먹먹해지는 폭발이라고 접어 둔다 정오의 나무들이, 꽃들이, 태양을 삼키고 있다

분장법

타인의 세계를 수식하는 것, 변신은 그렇게 은폐로부터 시작된다

누군가의 얼굴을 잠깐 빌리자 빙 둘러치고 있던 울타리가 사라진다 무대가 넓어진다 가면 속 그는 환상통을 앓고 있는 자신의 체취를 밀어낸다 매번 자신을 버릴 기회를 놓치고서야 많은 민낯이 그를 붙들고 있었음을 확인한다

익숙한 얼굴이 낯선 시간 속을 수시로 들락거린다 익숙하다고 생각하는 순간 사람들은 한통속이 된다 그는 매일 낯선 곳으로 출근한다 그가 불쑥 그를 열고 들어가야 할 때가 있다 해독이 쉽지 않은 세계, 그는 여러 개의 얼굴을 수시로 갈아 끼운다 오늘은 어떤 얼굴이 맘에 듭니까? 질문의 발신자는 있는데 수신자는 없다

그는 매일 밤 분리된다 무대는 매일 새로워져야 하니까 자아와 자아 사이 비굴하게 웃는 가면을 마지막인 양 끼워

넣는다

사람들은 그를 카멜레온이라 부른다 그 말 속에는 얼마나 많은 타인들이 우글거리고 있었던 걸까 고여 드는 것들은 어디엔가 침전한다 아무리 비누칠을 하고 아무리 빡빡 문질러도 민낯이 돌아오지 않는 날이 있다

아무도 모르는 최초의 가면이 그를 놓아주지 않는다

해설·시인의 말

해설

큐브와 시소, 혹은 현대인의 자화상과 관계 양상

—최영랑 시인의 첫 시집의 시세계

황치복

1. 어둠, 혹은 불협화음의 세계

2015년 〈문화일보〉 신춘문예에 시 「어머니의 계절」이 당선되어 문단에 나온 최영랑 시인의 첫 번째 시집이다. 날카롭고 진폭이 큰 상상력과 정교한 이미지가 시적 공간을 매혹적으로 만들고 있으며, 현대인들이 처한 불안한 내면과 인간관계의 질곡 등의 무거운 주제가 섬세한 이미지를 통해서 조형되고 있어서 문제적이라고 할 만하다. 특히 '너'와 '나'라는 인물의 대립 구도라든가 더 넓게 보면 연극적인 시적 구도 등은 시인의 개성적인 면모를 보여주고 있으며, '시소'의 이미지라든가 '안과 밖'의 길항적인 대립 구도 등은 현대인들이 맺고 있는 인간관계의 양상이라는 추상을 독특하게 구상화하여 보여주고 있다.

시인이 지닌 특장점은 바로 현대인들의 미묘한 심리적 구도를 적절한 이미지를 통해서 구축하는 데에 있는데, 불안과 소외라는 이른바 '죽음에 이르는 병'을 앓고 있는 현대인들의 내면풍경을 날카로운 이미지를 통해서 적절히 묘사하고 있다. 시인이 바라보는 세계의 모습은 대체로 어둠에 덮여 있거나 그늘에 휩싸여 있으며, 불안과 불협화음이 지배하는 음울한 색채를 지니고 있다. 작품 분석을 통해서 살펴보겠지만, 시집의 곳곳에 편재하는 '어둠'은 그 양상과 농도가 매우 다양해서 이 세상에는 무수한 종류의 어둠이 서식하고 있는 것 같은 느낌을 주기도 한다. 시인은 세계가 이처럼 어둠에 덮여 있고, 불협화음이 지배하고 있는 이유를 굳이 해명하려 하지 않고 온몸으로 받아들인다. 이러한 시적 발상에는 오늘날 현대인의 삶의 토대와 그 양상이 어둠과 불협화음이라는 암시가 숨어 있다. 구체적인 양상을 살펴보자.

활성도가 높은 밤

내 머리를 떠난 생각들이 백야 속에 서성인다 엉킨 머리칼처럼 와글거린다 장막을 열어젖히고 배고픈 골목이 어둠을 할퀴며 건너온다 그 순간 팜므 파탈은 시작된다

한참 동안 나는 그 골목에서 출출해진 허공의 귓속말을 깨문다

내 안의 발톱들이 자리를 옮겨 다니며 생각의 둘레를 넓

힌다

어떤 뒷모습에선 낯선 남자의 끈적이는 등과 허리가 무너지기도 한다

눈을 감아도 도발적인 어둠은 어디론가 밀려가고, 미처 빠져나가지 못한 잔재들이 소용돌이치고 있다 곧 탄성을 얻을 것처럼 탱탱해질 것이다

통증처럼 백야는 아가리를 벌린다 노골적인 생각이 흩어진 감각들을 물고 놓아주지 않는다

몸속 가득 팽창되는 중력
발끝마다 서성이는 얼룩의 세계
프릴의 주름처럼 난해해지는 심장의 소란과
정수리에 흐르는 역류성의 감정

남자의 뒷모습을 세워놓고 불협이 증폭된다 지금은 파열의 시간 그리고 무성해지는 날 것의 시간, 내 안에 자라는 파멸을 위해 손톱들이 활성화되고 있다

—「카페인」, 전문

"카페인"이라는 화학 물질이 작동하는 방식과 그 효과를

드러내고 있는데, 날카로운 이미지와 도발적인 어휘들을 통해서 예민하게 곤두선 신경의 날카로움과 뭐라고 형언하기 어려운 초조함과 불안함의 심적 동요와 파동 등이 생생하게 묘사되고 있다. 즉 "엉킨 머리칼"이라든가 "손톱"과 "발톱"의 이미지, 그리고 "서성인다', "와글거린다", "어둠을 할퀸다", "팜므파탈", "깨물다" 등의 격렬한 어감을 지닌 파열음과 역동적인 어휘들을 통해서 카페인이 우리 몸속에서 활성화되어 초래하는 신경의 긴장과 정서적 초조의 불안한 내면 풍경을 절묘하게 드러내고 있는 것이다.

특히 "몸속 가득 팽창되는 중력"이라든가 "발끝마다 서성이는 얼룩의 세계" 등의 표현들은 카페인이 몸속에서 일으키는 감각의 예민함과 날카로움을 강조하고 있으며, "프릴의 주름처럼 난해해지는 심장의 소란"이라든가 "정수리에 흐르는 역류성의 감정" 등의 표현은 미세한 파문(波紋)을 그리며 파동치는 가슴의 박동이라든가 거꾸로 솟구치는 듯한 감정의 분출과 같은 폭발적이고 파괴적인 카페인의 효과를 절묘하게 포착하고 있다. 그리고 이처럼 비등점을 넘어선감각과 감정의 분출에 대해서 "지금은 파열의 시간"이라든가 "무성해지는 날 것의 시간", 그리고 "내 안에 자라는 파멸" 등의 표현들이 그 거칠고 야생적이고 파괴적인 국면을 잘 드러내고 있다.

그런데 시적 구도는 그러한 카페인의 활성화가 "생각"이라든가 "어둠"과 긴밀히 결부되어 있음을 보여주고 있다. 카페인이 활성화되자 "내 머리를 떠난 생각들이 백야 속에 서성이"게 되고, "내 안의 발톱들이 자리를 옮겨 다니며 생각의 둘레를 넓히"기도 하며, 그리고 "노골적인 생각이 흩어진 감각들을 물고 놓아주지 않"기도 한다. 이처럼 카페인의 활성화는 "생각"의 활성화와 극단화로 이어지고 있으며, 그러한 생각의 활성화는 어둠의 활성화를 전제로 한다. 즉 활성화된 생각들은 이미 존재하고 있는 "백야 속을 서성이"이기도 하는데, "도발적인 어둠이 어디론가 밀려가"기도 하고, "통증처럼 백야는 아가리를 벌리"기도 한다. 그러니까 카페인은 어둠을 활성화하고, 어둠의 활성화는 생각의 활성화로 이어지고 있는 셈이다. 카페인의 활성화하는 작용은 어둠의 영역을 넓히고, 그러한 어둠의 확장을 통해서 상념과 감각의 날카로움을 드러내는 것이다. 물론 그러한 날카로움은 불협화음의 세계를 창출하는 것이고, 불협화음의 대상으로 "낯선 남자"가 등장하기도 하지만, 어둠이 그것의 근원이라는 점은 기억할 만하다. 어둠을 다룬 시를 한 편 더 읽어보자.

> 어느 가파른 계단을 오르다가 흔들리는 버스의 뒷좌석에서 덜컹거리는 생각으로 덜컹거리다가 나는 두더지가 되어갔다 바람 부는 풍경 속에서 보푸라기 같은 바람을 털어내다가
>
> 골방에 골을 파고 들어가 컴퓨터 속 표정과 언어를 습득

하며 어둠을 옹호하다가 어둠과 함께 어둠이 되어 갔다

어둠의 안쪽은 창문을 흉내 내는 늪지대만 있어서 푹푹 빠지는 불안을 어루만지며 달팽이의 느린 걸음을 답습하다가 개구리의 뒷다리에서나 빛의 냄새를 맡는 두더지의 습성을 닮아갔다

빛은 머리 위 계단에서 빛나고 골방의 세계는 굳건하고 컴퓨터 화면은 나를 교란시키기에 충분해서 점점 시력을 잃어 갔다

어둠에 대한 식욕을 제어할 수가 없었다 어둠을 또 다른 빛이라 부르는 종족들과 함께 더 진한 어둠을 파먹었다

계단은 여전히 가파르고 나는 지층 아래로 아래로 자꾸 가라앉았다

골방의 창문은 언제쯤 열릴 수 있을까

나는 어둠보다 더 어두워져 갔다

—「두더지」, 전문

"두더지"라는 제목을 가진 이 작품에는 수많은 어둠의 종

류들이 등장한다. "어둠을 옹호하다가 어둠과 함께 어둠이 되어갔다", "어둠을 또 다른 빛이라 부르는 종족들과 함께 더 진한 어둠을 파먹었다", "나는 어둠보다 더 어두워져 갔다"는 구절들이 모두 "두더지"와 관련하여 그것의 기표(記標, signifiant)에는 어둠의 속성이 함축되어 있음을 강조하고 있다. 야간에만 가끔 땅위에 나타날 뿐 대부분의 생활을 지하에서 영위하고 있는 '두더지'라는 동물이 어둠과 긴밀히 연결되는 현상은 그리 이상할 것이 없다. 그런데 두더지라는 기표가 내포하는 어둠은 단순한 어둠이 아니라 매우 다양한 어둠이 덕지덕지 달라붙어 있음을 알 수 있다. 어둠, 어둠보다 더 어두운 어둠, 또 다른 빛으로서의 어둠, 어둠으로 동화시키는 어둠 등 다양한 어둠의 질적 형태가 존재하고 있는 것이다. 게다가 그 어둠은 컴퓨터라는 기표와 결합하여 현실 세계에서 벗어나 다른 세계로 들어가는 통로와 같은 속성을 부여받기도 한다.

그러니까 어둠은 미세한 음영과 농도의 차이라든가 그 역할과 위상의 차이에 따라서 미묘하게 구분되는 셈인데, 이처럼 다양한 어둠의 종류를 구분하며 묘사하는 것은 시적 논리에 의하면 "어둠에 대한 식욕을 제어할 수 없었"기 때문인지도 모른다. 시적 주체는 "어둠과 함께 어둠이 되어갔다"고 토로하기도 하고, "어둠을 또 다른 빛이라 부르는 종족들과 함께 더 진한 어둠을 파먹었다"고 하기도 하며, "나는 어둠보다 더 어두워져 갔다"고 고백하기도 한다. 어둠은 물론 "골을 파고 들어가"는 "골방의 세계"의 속성이기도 하고, "컴퓨터 속"의 세계이기도 한데, 어느 경우든 "늪지대만 있어서 푹푹 빠지는 불안"이라는 정서가 지배하고 있다. 시적 주체는 그러한 어둠에 대한 지향과 갈증을 고백하고 있는 것이다.

시인은 「매미의 간증」이라는 작품에서 "긴 어둠을 집대성한 저 음가들, 오후 2시가 귀 따갑도록 상상을 부추긴다 나는 언제쯤 변태를 끝내고 지하를 탈출한 긴 수기를 간증할 수 있을까 물 밖으로 던져진 어족처럼 젖은 생각들이 팔딱거린다"라고 하면서 어둠의 세계인 지하를 탈출해서 어둠을 간증하고 싶다는 바람을 피력하고 있는데, 어둠을 간증한다는 것은 어둠을 철저히 경험하지 않고는 불가능하다는 점에서 이러한 표현 또한 "어둠에 대한 식욕"을 드러낸 표현이라고 할 수 있다. 그런데 어둠에 대한 지향이란 곧 내부의 공간에 갇히고 싶다는 유폐 의식과 연결되어 있음을 다음 대목이 잘 보여준다.

> 그때, 그의 밖은 그렇게 유폐되었다
>
> 이제 밖은 바깥의 소관
> 그러니까 그는 스스로 유형지가 되었다
>
> 유형지의 방식은 미래를 미래답게 하는 것

언제부터였을까? 그는 지금
영하의 기온보다 더 차가운 그늘 속에 있다

자꾸만 깊어가는 그곳은
어둠의 간절기
어둠의 구간을 견디는 계절이 창백하다

—「냉동인간」, 부분

어찌해서 그가, 아니 "그의 밖"이 유형지가 되었는지는 알 수 없지만, "그는 스스로 유형지가 되었다"는 진술에서 그가 자진해서 어떤 한정된 공간에 유폐되었다는 사실을 분명히 알 수 있다. 그리고 그 유형지란 "영하의 기온보다 더 차가운 그늘 속"이기도 하고, "어둠의 늪지대"이자 "어둠의 구간"이라는 사실도 분명히 알 수 있다. 그러니까 시적 대상으로 등장하는 "그"는 "자꾸만 깊어가는 그곳"에 스스로 아주 깊숙이 자신을 가두어 두게 된 것이다.

주목되는 대목은 "유형지의 방식은 미래를 미래답게 하는 것"이라는 구절인데, 인용되지 않는 부분인 "욕망을 지속하던 그는 결국 미래 속에 방치되었다"는 구절과 함께 생각해 보면, 유형지에 유폐된다는 것, 혹은 어둠 속에 갇힌다는 것은 곧 무정형, 무규정의 상태로 회귀하는 것, 혹은 무개념과 무명의 혼돈이라는 블랙홀의 상태로 빠져든 것을 암시하고 있다. 실제로 시인은 인용되지 않은 부분에서 "그 어떤 것도 조절되지 않는 밤/ 기억이라는 단어마저도 기억나지 않는다"라고 하면서 모든 명증하고 명료한 것들을 무화시키며 불투명하고 불가사의한 지평을 상정한다. 이러한 시적 지향은 모든 명료한 것으로부터 배제되어 인식의 혼란과 판단 중지를 강요당하는 현대인들의 생존 방식을 암시하고 있기도 하지만, 또한 무한한 생성과 가능성의 장으로서의 새로운 출발과 새로운 지반의 창출을 지향하는 시의식을 반영하고 있기도 하다는 점에서 문제적인 성격을 지니고 있다.

2. 분열된 자아와 낯선 자아, 혹은 분장법으로 살아가기

시인이 포착하고 있는 어둠의 이미지와 유폐 의식에 대해서 살펴보았는데, 시인이 상정하는 시적 자아의 모습 또한 매우 낯설고 이질적인 존재라는 점에서 관심의 대상이 된다. 시인은 문득 자아를 대하면서 친밀한 대상에게서 느끼는 낯설고 두려운 감정인 운하임리히(unheimlich)를 체험하는 것이다. 어둠이 상정하고 있는 무지와 무정형, 무규정 등의 함의가 자아에 대해서도 그대로 적용되는 셈이다. 이러한 자아의 모습은 좀더 나아가 분열된 자아상으로 전개되기도 하는데, 연극적인 구도는 바로 이처럼 분열된 자아상에서 도출된 것이다. 작품을 통해서 실상을 확인해 보자.

익숙했던 것들이 오늘부터 낯설다

나를 철저히 외면한다

3분 카레를 기다리는 길고 긴 3분

냉장고가 닫히는 순간 어두워지는 밀실

내 것이 아닌 신발들의 질서 정연함

아무도 없는데 현관 센서 등이 켜지는 새벽이

갑자기 1인분을 쓱 내미는 적막

천진하게 웃으면서 다가오는 태양 앞에

낯설다고 생각하는 생각조차 낯선 나의 한숨

나를 헤집어 놓고 간 누군가의 흔적들이 모두 낯설다

어제의 나를 만날 수 없다

—「이방인」, 부분

물론 모든 사태의 원인은 "나를 헤집어 놓고 간 누군가의 흔적들" 때문이다. 여기서 누군가는 제목이 암시하고 있듯이, "이방인"이라고 할 수 있는데, 그 낯선 존재가 나를 헤집어 놓자 나는 "어제의 나를 만날 수 없"게 되고, "낯설다고 생각하는 생각조차 낯선" 상황으로 빠져들게 된다. 그리하여 형광등이 검게 변하는 것, 젖은 빨래가 말라가는 것, 돌돌 말리면서 사과가 깎이는 것 등의 익숙했던 모든 현상이 갑자기 낯선 것으로 변하고 만다.

이방인이란 다른 나라에서 온 사람을 뜻하는데, 그렇다면 시적 주체를 이렇게 낯설고 혼란스러운 상황으로 빠뜨린 것은 언어와 문법, 사고방식이 전혀 다른 어떤 이질적인 존재와의 접촉 때문일 것이다. 하지만 시적 맥락에서 볼 때, 그것은 그리 중요한 것이 아니다. 왜냐하면 시적 공간에서는 나를 헤집어 놓은 누군가의 정체에 대해서 관심이 없고, 그가 일으킨 파장과 효과에 대해서만 장황하게 나열하고 있기 때문이다. 그러니까 시적 문맥에 의하면 현대인들 중에서 불특정 다수는 이렇게 갑자기 이방인을 만나서 갑자기 친밀한 대상에게서 낯설고 두려운 감정에 빠져들 수 있음을 암시하고 있는 것이다. "익숙했던 것들이 오늘부터 낯설다"는 표현이나 "나를 철저히 외면한다"는 구절들이 그처럼 친숙한 낯설음의 곤혹스러운 경험의 심정을 대변해주고 있다. "천진하게 웃으면서 다가오는 태양 앞에"서 느끼는 낯선 감정이라든가 "아무도 없는데 현관 센서 등이 켜지는 새벽" 등의 이미지는 익숙한 것이 분출하는 낯선 두려움의 실체를 확인하게 한다. 이러한 낯설음과 두려움은 자아를 향할 때 더욱 강화되며, 정체성의 혼란으로 이어질 수 있다. 다음 작품이 그 모습을 보여준다.

욕조가 몸을 삼켰다
누군가 내 몸을 빠져나가고 있다는 느낌
지금 아무도 없는 욕실에서
알몸으로 걸어 나가는 이는 누구일까
그림자보다 다정하게
기억보다 명확하게
나를 나보다 먼저 증명하는 이 누구인가

바닥까지 침수된 나는 껍데기만 남았다(중략)

붉은빛에 에워싸인 나
한바탕 춤곡이 나를 붙잡고 흔든다
누군가 내 머릿속 마개를 뽑는다
물속의 퉁퉁 분 여자와
나를 버리고 빠져나간 여자와
여자를 보고 있던 여자가 모두 사라진다

아파트가 스티로폼처럼 가볍다

—「누군가 들락거리고 있다」, 부분

욕조에 몸을 담그자 욕조에 잠긴 육신의 주체는 그대로 있지만, "누군가 내 몸을 빠져나가고 있다는 느낌"이 들면서 자아의 분열이 이루어진다. "바닥까지 침수된 나는 껍데기만 남"고 "알몸으로 걸어 나가는 이"가 있는데, 그는 "나를 나보다 먼저 증명하는 이"라는 점에서 문제의 심각성을 노출한다. 나를 나보다 더 잘 증명하는 사람은 물론 나의 분신일 것이지만, "누군가 들락거리고 있다"는 제목에서 암시하듯이 그를 나는 알 수 없기에 나는 모르는 누군가로부터 존재 증명을 당하는 셈이 된다. 게다가 나를 빠져 나가서 나를 관찰하고 증명해주는 누군가를 또 다시 관찰하는 나가 존재한다는 점에서 분열은 분열을 낳게 된다. 그리하여 '나'라는 존재는 "물속의 퉁퉁 분 여자와/ 나를 버리고 빠져나간 여자와/ 여자를 보고 있는 여자"라는 삼중의 존재로 분열하게 된다. 이를테면 나를 바라보는 나와 그 나를 바라보는 나라는 존재, 곧 나라는 자의식과 자의식의 자의식이라는 의식의 분열 현상이 가열되고 있는 것이다.

이처럼 자아가 이중 삼중으로 분열되어 낯설게 되는 현상은 최영랑 시인의 작품에서 자주 등장하는 모티프인기도 한데, 「간절기 병을 앓다」라는 작품에서는 "혼자된 어른과 혼자된 아이가/ 시소를 타고/ 바닥을 벗어나려 발을 동동거리고 있었다"라고 하면서 어른과 어린아이라는 이중의 자아로 분열되어 시소처럼 부침(浮沈)을 거듭하고 있는 자아상이 등장하기도 한다. 그러니까 최영랑 시인의 시적 공간에서 세계가 어둠의 장막으로 덮여 무지와 무정형의 그것으로 수시로 전환하듯이, 자아 또한 고정불변 하는 실체가 아니라 수시로 그 모습을 바꾸는 가변적이고 임시적인 것과 유사한 성격을 지니는 것이다. 이처럼 자아가 분열되어 있고 가변적인 성격을 지닌 것이기에 시적 주체의 일거수일투족은 가상의 무대를 배경으로 펼쳐지는 1인극의 연극과 다를 것이 없다.

> 커튼 위에 어둠은 어둠을 한 번 더 포갠다 소리가 나지 않는다 어둠에게만 들킨다 여러 겹으로 두꺼워진 어둠이 견고하다 견고한 마음이 견고한 마음을 향해 건너갈 때 이별은 암전으로 남는다 여자는 창문을 조절한다 창문 앞에 표정들이 주름진다 여자는 끝내 자신 안에 웅크린 어둠까지 이해할 수 있을까
>
> 암전이 암전과 섞일 때
>
> 그녀와 황혼은 창문을 함께 공유한다 창문이 창문의 시간을 확장하고 하나의 독백이 또 다른 독백을 부추길 때 이질감은 7시에서 8시로 이동한다 커튼 안쪽엔 단 하나의 감정이 소품으로 놓여 있다 감정은 쉽게 열리지 않고 적절

한 지문을 찾지 못해 정물이 된다

커튼은 연극의 시작과 끝만을 알려주기에 그녀는 결말처럼 앉아 있다

노을이 여자를 삼키고 저녁의 숨소리가 가빠진다 적막이 여자를 지속한다

—「1인 극장」, 부분

방안에 커튼이 드리워지고 시적 주체는 1인극의 주인공처럼 창문 앞에 서서 연기를 진행한다. 연기라는 것이 특별히 어떤 행동을 지칭한다기보다는 마음속으로 흐르는 내면 풍경의 변화라는 점에서 심리극과 유사한 성격을 지니고 있다. 그런데 1인극의 주인공인 시적 주체는 자신의 마음속으로 풍경처럼 흐르는 내면의 정동과 감정을 이해하지 못하는 소외된 상태에 있다는 점에서 1인극은 그야말로 마음이라는 무대에서 펼쳐지는 이방인들의 향연처럼 진행되고 있다. 즉 시적 주체는 "여자는 끝내 자신 안에 웅크린 어둠까지 이해할 수 있을까"라고 하면서 1인 극장의 주인공의 내면이 그 무정형의 상징인 어둠으로 가득 차 있음을 강조하면서 그것을 주인공이 이해할 수 없을 것이라는 암시를 던지고 있는 것이다.

또한 "하나의 독백이 또 하나의 독백을 부추길 때 이질감

은 7시에서 8시로 이동한다"고 묘사하면서 연극의 주인공은 독백과 독백 속에서 이질감을 느끼고 있음을 시사하고 있으며, "감정은 쉽게 열리지 않고 적절한 지문을 찾지 못해 정물이 된다"라고 하면서 주인공이 자신이 지닌 감정에 대해서 어떠한 성격이나 규정도 부여하지 못하고 있음을 암시하고 있다. 그러니까 주인공은 자신이 행하는 독백이라든가 자신이 품고 있는 감정에 대해서 어떠한 장악력과 통제력도 발휘하지 못하며 마치 그것들을 바라보는 손님처럼 소외감을 느끼고 있는 것이다. 결국 이러한 상황은 극이 진행되어 결말에 이르러도 어떤 변화를 맞거나 전환을 이루지 못하고 종결되고 마는데, "적막이 여자를 지속한다"는 마지막 구절이 그러한 상황을 함축하고 있다. 그러니까 1인극이라는 연극을 행한다는 상황 자체부터가 자아의 분열된 상황을 전제하고 있는 셈인데, 그 연극적 상황 속에서도 주인공은 자신의 감정이나 독백에 대해서 소외되어 있다는 점에서 앞서 분석한 「누군가 들락거리고 있다」는 작품과 마찬가지로 이중, 삼중의 분열을 경험하고 있는 셈이다. 이러한 분열을 겪고 있기에 시적 주체가 타자를 대할 때 분장을 통해서 가면을 내세우는 것을 전혀 이상할 것이 없다.

타인의 세계를 수식하는 것, 변신은 그렇게 은폐로부터 시작된다 누군가의 얼굴을 잠깐 빌리자 빙 둘러치고 있던 울타리가 사라진다 무대가 넓어진다 가면 속 그는 환상통을 앓고 있는 자신의 체취를 밀어낸다 매번 자신을 버릴 기회를 놓치고서야 많은 민낯이 그를 붙들고 있었음을 확인한다

익숙한 얼굴이 낯선 시간 속을 수시로 들락거린다 익숙하다고 생각하는 순간 사람들은 한통속이 된다 그는 매일 낯선 곳으로 출근한다 그가 불쑥 그를 열고 들어가야 할 때가 있다 해독이 쉽지 않은 세계, 그는 여러 개의 얼굴을 수시로 갈아 끼운다 오늘은 어떤 얼굴이 맘에 듭니까? 질문의 발신자는 있는데 수신자는 없다

그는 매일 밤 분리된다 무대는 매일 새로워져야 하니까 자아와 자아 사이 비굴하게 웃는 가면을 마지막인 양 끼워 넣는다

사람들은 그를 카멜레온이라 부른다 그 말 속에는 얼마나 많은 타인들이 우글거리고 있었던 걸까 고여 드는 것들은 어디엔가 침전한다 아무리 비누칠을 하고 아무리 빡빡 문질러도 민낯이 돌아오지 않는 날이 있다

아무도 모르는 최초의 가면이 그를 놓아주지 않는다

—「분장법」, 전문

아마도 분장을 통해서 현대를 살아가는 것은 현대인들의 생활 방식일 것이다. 그들은 사회적 역할이라는 가면을 쓰고서 자신의 민낯을 가리고 생활하는데, 이러한 가면이 일상화되고 습관화되면서 가면과 민낯의 차이라든가 구분이 무화되어 버리는 상황도 빈번히 일어날 수 있다. "그가 불쑥 그를 열고 들어가야 할 때가 있다"든가 "해독이 쉽지 않는 세계"라는 구절들은 그처럼 가면과 민낯이 서로 구분되지 않고 착종되어 존재하는 현대인의 자아상을 반영하고 있다. "그는 매일 분리된다 무대는 매일 새로워져야 하니까"라는 구절을 보면 현대인들은 오히려 민낯보다는 가면을 일용할 양식으로 삼아서 세계를 활보하고 있음을 알 수 있는데, "사람들은 그를 카멜레온이라 부른다 그 말 속에는 얼마나 많은 타인들이 우글거리고 있었던 걸까"라는 구절을 보면 수많은 가면들이 현대인의 자아를 대체하고 있음을 알 수 있다. 그리고 그러한 가면들은 일종의 "타자"로서 자아에게는 낯선 인물인데, 그러한 낯선 인물들이 자아를 대신해서 타인들과 대면하고 있는 셈이다.

그런데 그러한 가면을 일상화하고 있는 현상은 어떤 효과를 발휘하는 것일까? 그것은 물론 수많은 타자들을 자신의 정체성으로 삼아야 한다는 점에서 자아의 분열과 소외 현상이라는 부정적인 효과를 내포하지 않는 것은 아니다. 하지만 "누군가의 얼굴을 잠깐 빌리자 빙 둘러치고 있던 울타리가 사라진다 무대가 넓어진다"는 시적 진술에서 알 수 있듯이, 사람들 사이에 있는 어떤 경계와 울타리를 허물고 좁은 자아의 한계에 불과한 1인극의 무대를 더욱 확장하는 효과 또한 발휘한다는 것을 확인할 수 있다. 어쩌면 상징계적 질서가 작동하는 사회라는 무대에 들어서기 위해서는 가면이라는 장치에 필연적으로 의존해야 하는 것인지도 모른다. 가면은 부수적인 것이 아니라 하나의 필수적인 사회적 기제라는 것인데, "아무도 모르는 최초의 가면이 그를 놓아주지 않는다"는 구절을 보면, 민낯이 아니라 가면이 근원적인 것일 수도 있음을 알 수 있다. 그런데 이러한 구도에서 주목되는 점은 가면이 울타리를 해체한다는 것인데, 이러한 시적 인식은 현대인들이 누구나 어떤 경계와 울타리를 설정하고 있다는 사실을 전제하고 있으며, 그러한 울타리와 경계는 감옥처럼 자아를 가둘 뿐만 아니라 타자와의 소통을 어렵게 한다는 점에서 문제적인 성격을 지닌다.

3. 면, 각, 모서리의 인간관계, 혹은 경계와 울타리

최영랑 시인의 이번 시집의 가장 큰 특징 가운데 하나는 직선, 곡선, 각, 면, 모서리 등의 수학적, 혹은 기하학적 상상력이 자주 등장하고 있다는 점이다. 그러한 기하학적 개념과 도형들은 주로 인간관계, 혹은 좀더 구체적으로는 너와 나의 관계를 설명하고 해명하기 위해서 등장하고 있는데, 그것은 결국 상자라든가 큐브, 혹은 울타리나 경계라는 입체나 도형의 형상으로 연결되어 인간관계의 종합적인 구도를 설정하는 데에 이른다. 그런데 이러한 기하학적 문양에서 짐작할 수 있듯이 자아와 타자, 혹은 나와 너의 관계는 추상적인 관계를 형성하면서 항상 어긋나 있거나 충돌하는 양상을 보이며, 그러한 점에서 기하학적 문양들은 관계의 파탄이라든가 질곡이라는 상황을 함축하고 있기도 하다. 그 양상을 구체적으로 살펴보자.

주춤주춤 나타난 커브가 나를 삼킨다

직진하려는 나의 관성이 휘어진다 액셀을 밟고 있는데
자꾸 브레이크를 밟으라 한다 나는 다시 액셀, 너는 브레
이크

횡단보도에 부서진 감정들이 쌓인다 방지 턱을 넘으며
방지 턱을 지우며 나는 방향을 핸들에게 맡기고 구부러진
태도를 펴는 일에 몰두한다

곡선으로 사라진 네가 처음으로 보였다 내가 내뱉은 비
난이 등 뒤에 들러붙어 있었다 너는 떠도는 어둠이었다가
가까워지는 빛이었다가 지금 다시 내게 커브의 속성을 건
네고 있다

너는 매일 커브 속에서 커브를 반복하고 있다

반경이 긴 후유증이 나를 길들인다

—「커브」, 전문

직선과 곡선의 대립이 너와 나의 관계의 대립과 충돌의 양상을 추상화하고 있다. "나는 다시 액셀, 너는 브레이크"라는 구도가 너와 나의 선명한 대립적 구도를 압축하고 있는데, 그것은 질주와 멈춤이라는 속성뿐만 아니라 직선과 곡선이라는 기하학적 대립 구도까지 함축하고 있다. 주행을 하다 보면 직진과 코너링을 반복하게 되는데, 그렇다면 직선과 커브는 주행을 가능케 하는 두 가지 보완적인 요소라고 할 수 있을 터이다. 그런데 "내가 내뱉은 비난이 등 뒤에 들러붙어 있었다"는 표현을 보면, 나와 너는 서로 충돌하며 긴장과 대립의 관계를 형성하고 있다는 것을 알 수 있다.

커브는 구부러지는 곡선을 의미하는데, 시적 주체가 "구부러진 태도를 펴는 일에 몰두한다"는 대목을 보면 그것이 성격이라든가 태도의 문제이기도 하다는 것을 알 수 있다. 그러니까 이 시는 자동차의 주행과 관련된 것이기도 하지만, 그것을 비유적으로 활용한 현대인의 성격에 대한 묘사라고 볼 수도 있는 셈이다. 그런데 "너는 매일 커브 속에서 커브를 반복하고 있다"는 대목을 보면, 커브란 에두르는 태도 혹은 숨기고 감추는 어떤 상황을 암시하기도 한다. "너는 떠도는 어둠이었다가 가까워지는 빛이었다가"라는 표현은 커브가 인간관계 속의 전략이라든가 양상을 뜻할 수 있음을 더욱 분명히 한다. 앞서 살펴본 가면의 현상학과 동일한 구도를 현대인의 인간관계라는 장에서 펼쳐놓은 버전일 수 있는 것이다. 그런데 "반경이 긴 후유증이 나를 길들인다"는 마지막 구절은 그러한 태도가 부정적인 영향을 미치면서도 결코 무시할 수 없는 힘을 지니고 있음을 시사하고 있다. 기하학적 문양 속에 깃든 인간관계의 양상을 좀더 살펴보자.

> 부딪힐 때마다 각이 생기는 것 같아
> 면을 자꾸 지우고 있어
> 흔(痕)은 점점 늘어나고 적(迹)은 곳곳에 흩날리고
> 나는 조금씩 접혀지고
>
> 처음 생긴 각, 그것은
> 낯선 마음이 잠시 헛디딘 허방의 자리일거야
> 그 속으로 낯선 우리가 숨어든 거지
> 한동안 드나드는 숨결이 없었어
> 우린 온기 없는 어떤 입체가 되어갔던 거야
>
> 면과 면을 맞대고 찾아온
> 날 선 감정을 벼랑이라고 불러도 될까

모서리는 마지막 질문이거나 혹은 달아나는 처음이니까

마음은 각이 없는 거야
그렇게 믿고 싶었어
네가 방향 전환을 요구할 때
외면이 외면의 시간을 견디고 벽에 부딪혀 울 때
눈물은 결코 모서리가 아니었어

벽이 무디어진다는 건 구석을 허무는 일일거야

어떤 모서리였을까
마침내 튀어나온, 입안에 갇혔던 말들 속
옆구리가 되지 못하고
옆구리의 가파른 경계만 품었던 우린

—「나의 큐브」, 전문

면과 면, 각과 각, 그리고 입방체로서의 큐브(Cube)라는 추상적인 기하학적 도구들이 인간관계의 양상과 그 변화를 구체화하고 있다. 물론 "각"은 "부딪힐 때마다 각이 생기는 것 같아"라는 구절에서 알 수 있듯이, 인간관계의 상충과 충돌을 대변해주고 있다. 또한 "처음 생긴 각, 그것은/ 낯선 마음이 잠시 헛디딘 허방의 자리일거야"라는 구절도 각이라는 것이 생경한 감정의 충돌이며 어긋난 감정의 산물일 수 있음을 시사하고 있다. 또한 모서리란 물체의 모가 진 가장자리, 혹은 다면체에서 각 면의 경계를 이루고 있는 선분들을 지칭하는데, 이 시에서는 "면과 면을 맞대고 찾아온/ 날 선 감정"이라고 규정하면서 그것을 "벼랑"이라고 명명하기도 한다. 그러니까 모서리란 날카로운 감정의 충돌이라든가 그러한 감정의 충돌로서 발생하는 관계의 파국 같은 것을 암시하고 있는 셈이다. 시적 주체는 모서리를 재해석하여 "마지막 질문이거나 혹은 달아나는 처음"이라고 규정하기도 하는데, 모두 갈피를 잡기 어려운 감정의 대립과 충돌의 성격을 암시하고 있다.

그러니까 각이라든가 모서리 등은 인간관계에서 부정적인 기제로서 대립과 충돌, 날카로움과 낭떠러지와 같은 인간관계의 파국을 암시하고 있는 셈이다. 그래서 시적 주체는 "마음은 각이 없는 거야"라고 하거나 "눈물은 결코 모서리가 아니었어"라고 하면서 인간적 감정의 온기와 촉촉함을 강조하고 있기도 하다. 따라서 그러한 온기와 촉촉함이 제거된 인간관계란 삭막하기 그지없는 것이 될 수밖에 없는데, "나는 조금씩 접혀지고"라든가 "우린 온기 없는 어떤 입체가 되어갔던 거야"라는 표현은 그러한 인간적인 감정으로 매어진 관계에서 벗어난 현대인들은 각과 모서리로 이루어진 사각의 입방체인 "큐브"가 되어 고립되고 유폐될 수밖에 없음을 강조하고 있다. 물론 시적 주체는 그러한 입방체가 각각의 개체들을 고립시키고 유폐시키는 감옥과 같은 것임을 암시하면서 그러한 감옥의 형성과정에는 "입안에 갇혔던 말들"이 중요한 역할을 할 수 있음을 시사하고 있다. 말들이 각과 모서리로 둘러싸인 입방체로 개인을 감금하고 고립시킬 수 있는 원인일 수 있음을 강조하고 있는 것이다. 입방체는 하나의 구조물이라고 할 수도 있는데, 다시 그것은 이질적인 구조물로서의 대립과 충돌을 암시하기도 한다.

구성이란 말속에 들어가 보면 사이클이 있다

가끔 끙끙거리는 소리가 난다
크게 때론 작게 숨소리가 요동칠 때마다
서로에게서 달아나는 분위기
우리는 각자의 패턴에 충실해서
나는 숲을 구성하고
당신은 건물을 구성한다

나무와 나무 사이
내 스텝이 명랑하게 뛰어다니고
도시적인 것을 좋아하는 당신은 여백과 멀어진다
블럭과 블럭의 간격을 수시로 좁히는 당신
공터의 허공이 사라지자
나의 상상이 간소해진다

왜 나만 식물성에 젖어 있는가
나의 쓸모가 빌딩과 자주 부딪친다
구성은 타협이었을까 묵언이었을까
안과 밖에 무분별한 스토리가 형성된다

금요일의 풍경에
새로운 나무를 심어도 잎은 자라지 않고
골목은 도식적으로 무너질 준비를 한다
그늘이 풍부해진다

나를 재구성하려는 당신은 미숙하고
나는 당신을 끼워 맞추지 못한다

—「구성을 위한 구성」, 전문

구성(構成)이란 몇 가지 부분이나 요소들을 모아서 일정한 구조물의 전체를 짜서 만들거나 그 결과물을 지칭한다는 점에서 앞서 분석한 "큐브"와 유사한 성격을 지니고 있다. 이 시에는 사각의 감옥으로서의 큐브에 해당되는 구조물이 두 가지 등장하는데, 그것은 바로 "숲"과 "건물"이라고 할 수 있다. "나는 숲을 구성하고/ 당신은 건물을 구성한다"는 진술이 사태를 명증하게 정리하고 있다. 나는 "식물성에 젖어 있"으며, "나무와 나무 사이"에서 "내 스텝은 명랑하게 뛰어다니고" 있으며, "도시적인 것을 좋아하는 당신은 여백과 멀어지"며, "블럭과 블럭의 간격을 수시로 좁히"고 있다.

그러니까 나와 당신은 이질적인 구조물을 구축하고서 그 안에서 자족하고 있는 셈인데, 그렇기 때문에 두 사람과 관계가 조화롭게 형성되기는 어려울 것이다. "가끔 끙끙거리는 소리가 난다"라든가 "서로에게서 달아나는 분위기"라는 표현은 서로 이질적인 구조물을 구성하면서 살아가는 두 사람의 관계가 삐걱거리며 어긋나고 있음을 암시하고 있으며, "우리는 각자의 패턴에 충실해서"라는 대목은 서로 공유할 수 있는 교집합을 발견할 수 없는 관계의 파국을 암시하고 있다. 그리고 "나를 재구성하려는 당신은 미숙하고/ 나는 당신을 끼워 맞추지 못한다"라는 시의 마지막 구절이 서로 타협하거나 공감대를 형성할 수 없는 근원적인 대립과 부조화의 상황을 분명히 표명해주고 있는데, 이러한 양상이 결국 현대인들의 관계 양상에 대한 표현이란 점에서 현대인들은 모두 울타리와 경계를 세우고 그 안에 스스로 유폐되는 자폐의 형식을 지니고 있음을 추론할 수 있다. 이처럼 각자의 패턴에 충실한 구성을 추구하기에 자아와 타자는 언제나 안과 밖으로 분리되거나 시소의 그것처럼 길항의 관계를 형성할 수밖에 없다. 영원히 다가가거나 소통할 수 없는 상태에서 괴리된 채 관계라는 것을 지속하게 되는 것이다.

4. 안과 밖, 혹은 시소 위의 우리

당신은 안에 있나요 밖에 있나요

안에 있는 당신과 밖에 있는 당신은 같은 목소리인가요
트렁크처럼 놓여 있는 당신은 비밀번호를 누를 때마다
긍정도 부정도 아닌 신호음만 냅니다

그런 당신과 나는 날마다 안부를 주고 받습니다
나는 말을 걸고 당신은 내 손을 잡습니다

당신은 왜 내내 지퍼를 꽉 물고 고장 난 트렁크 흉내를
내나요

나는 안쪽을 기웃거리는데 당신은 이미 여행을 떠나고
없습니다

경쾌한 저녁을 연주하던 도마소리가
안쪽으로 들어가지 못하고 떠돌고만 있습니다

안쪽엔 내가 모르는 이정표가, 아니 어떤 목적지가 있는
걸까요

기억을 빨리 닫아버리는 당신, 나만 그 언저리를 내내
맵돕니다

—「고장난 트렁크」, 부분

트렁크란 여행할 때 쓰는 큰 가방이라든가 자동차 뒤쪽의 짐 놓는 곳을 지칭하지만, 앞서 살펴본 입방체, 혹은 구조물로서 개인이 설정한 경계나 울타리에 대한 비유라고 할 수도 있다. 그런데 당신의 구조물이자 당신의 감옥이기도 한 트렁크는 "지퍼를 꽉 물고" 있는 "고장 난 트렁크"로서, 안쪽을 허용하지 않는다. 그래서 시적 주체인 "나는 안쪽을 기웃거리는데 당신은 이미 여행을 떠나고 없"다. 그리하여 수시로 안쪽을 넘보는 시적 주체는 "안쪽으로 들어가지 못하고 떠돌고만 있"게 된다.

안쪽을 궁금해 하며 언제든 안쪽으로 들어가고 싶은 시적 주체와 달리 당신은 안과 밖을 구분할 수 없게 한결같다. 즉 "안에 있는 당신과 밖에 있는 당신은 같은 목소리"를 지니고 있으며, "트렁크처럼 놓여 있는 당신은 비밀번호를 누를 때마다/ 긍정도 부정도 아닌 신호음만 내"면서 마치 사물처럼 놓여 있는 것이다. 당신은 타자와의 관계에 대해서는 전혀 고려하지 않으며 트렁크라는 자신의 감옥에 갇혀서 "하나의 표정만을 살고 있"는 것이다. 시적 주체는 그런 당신을 보면서 "안쪽엔 내가 모르는 이정표가, 아니 어떤 목적지가 있는"지도 모르다면서도 "날마다 안부를 주고 받"으며 살고 있는데, 그러한 관계란 "그 언저리를 내내 맴도"는 것과 다를 바가 없다.

결국 이 시에 그려진 나와 당신의 관계란 서로 소통이 안 되고 단절되어 있는 안과 밖의 관계라고 할 수 있을 것이다. 물론 시적 주체는 "당신은 안에 있나요 밖에 있나요"라고 묻고 있지만, 안에 있든 밖에 있든 그것이 중요한 것은 아니다. 당신은 철저히 내면의 풍경을 고장 난 트렁크 안에 감추고 있다는 점에서 자폐적인 자아상을 대변해주는데, 그렇기 때문에 그의 안을 확인하는 것을 불가능하다. 안을 확인하는 것이 불가능한 타자와 관계를 형성하는 것은 불가능하지는 않지만, 겨우 가능한 관계란 안과 밖의 관계일 것이다. 안과 밖이라는 경계선 혹은 "네트"를 사이에 두고 형성되는 관계, 혹은 안과 밖이라는 울타리를 만들면서 형성하는 관계, 그러한 관계란 영원히 공감대에 이르지 못하고 망설이거나 서성이는 관계에 불과할 것이다.

물론 현대인들이 이러한 관계를 형성하는 것은 자기만의 구조물, 혹은 입방체를 형성하고 거기에 갇히기 때문이다. 이른바 진정한 관계가 불가능한 것은 「오, 칸나」라는 작품에서 "그러니까 칸나적 생각으로 내가 칸나를 사랑할 때/ 나는 단 하나의 칸나가 될 수 있을 텐데/ 당신은 내가 칸나인 줄 모르고/ 칸나! 하고 한 번 더 불러주지도 않고"라고 할 때처럼 칸나적 생각으로 칸나를 대하지 않기 때문일 것이다. 또한 「뜬구름 하루」라는 작품에서 "뜬구름 하나 없는 너는 부재중일 뿐이야 부재의 골목이 있을 뿐이지 내가 도착한 네 집 창문의 불은 여전히 꺼져 있어 수증기 방식으로 네게 스며들고 싶었는데, 너의 후렴구에 마냥 젖어 들고 싶었는데 창문은 여전히 닫혀 있고 골목의 날씨는 낯설어지고…" 라고 노래하고 있듯이 언제나 그 구조물로 들어갈 수 있는 창문이 닫혀 있고, 당신은 언제나 부재중인 상황 때문일 것이다. 이처럼 엇갈리는 상황과 조건 때문에 당신과 나의 관계는 항상 안과 밖의 관계에 머물 수밖에 없으며, 시소의 그것처럼 양 극단에서 길항하는 관계를 형성할 수밖에 없는 것이다. 다음 작품이 이를 잘 보여준다.

너는 풍선을 불고
나는 풍선을 터트리고

너는 하늘공원으로 날아오르고
나는 풀밭으로 내려오고

우리는 교대로
올라가는 추락
내려오는 상승

하늘로 솟는 풀밭
풀밭으로 착지하는 하늘

순간, 호흡을 가다듬고 서로의 등을 가만히 쓸어주고

우리는 다시 거품을 만들고 거품을 빼고

너는 이륙하는 말들을 허공에 띄우고

—「시소의 감정」, 부분

원래 길항이라는 개념의 사전적 의미는 서로 버티어 대항한다는 의미인데, 좀더 구체적으로 길항작용이란 어떤 현상에 두 요인이 동시에 작용할 때 서로 그 효과를 억제시켜 항상성을 유지하는, 생물체 내의 상쇄작용을 말한다. 즉, 어떤 물질의 작용이 다른 물질에 의해 저해 또는 억제되는 경우 양자를 서로 길항적이라고 하고, 이 작용을 길항작용(antagonism)이라고 하는 것이다.(「동물학백과 사전」) 이 시는 시소의 원래를 이용해서 이러한 길항적인 관계를 지닌 현대인의 관계 양상을 파헤치고 있다.

시소의 양 끝에 앉은 '나'와 '너'는 어떤 작용에 대한 반작용으로 움직일 수밖에 없다. 내가 힘점을 증가시켜 내려간다면, 너는 작용점의 위치에서 올라갈 수밖에 없고, 내가 힘점을 감소시켜 올라간다면 너는 작용점의 위치에서 내려갈 수밖에 없다. 그런데 시소에 올라타는 순간, 즉 시소라는 기제를 중심으로 관계를 형성하는 순간 우리는 시소라는 것의 양끝을 점유하고 어떠한 관계 양상을 지속할 수밖에 없다. 시소에 오르는 순간 너와 나는 운명 공동체가 되며, 하나의 변화는 다른 하나의 변화와 긴밀하게 결부되어 작동될 수밖에 없는 것이다. 그러면서도 그 관계란 서로 억제하거나 대항하는 길항의 관계를 유지하는 것이다. "우리는 교대로/ 올라가는 추락/ 내려오는 상승"이라는 구절, 혹은 "하늘로 솟는 풀밭/ 풀밭으로 착지하는 하늘"이라는 구절은 바로 이러한 시소의 관계를 지닌 너와 나의 관계 양상을 한마디로 요약하고 있다.

시소에 올라탄 두 사람의 관계는 안과 밖의 관계와는 또 다른 점에서 현대인들이 맺고 있는 인간관계의 특징을 보여준다. 안과 밖의 관계란 어떤 울타리를 경계로 한시적으로 분리되어 고립과 분열을 경험하는 관계를 상징한다면, 시소의 관계란 영원히 상대방을 상쇄하고 억제하는 작용으로 묶여 있을 수밖에 없는 어떤 숙명이라든가 구조 등을 연상시킨다. 그러니까 현대인들은 어느 공동의 목표를 추구하거나 동일한 가치를 함께 추구하는 것이 아니라 제로섬게임 (zero-sum game)처럼 한쪽의 이익은 다른 쪽의 손실로 이어지고, 한쪽의 손실은 다른 쪽의 이익으로 이어질 수밖에 없는 영원히 화해 불가능한 대립적 관계의 망 속에서 살아가고 있다는 하나의 메시지를 읽어낼 수 있는 것이다.

지금까지 우리는 최영랑 시인의 첫 시집이 문제 삼고 있는 오늘날 우리 사회의 모습과 개인의 자화상, 그리고 다양한 인간관계의 양상에 대한 시인의 관찰과 탐구의 결과를 살펴보았다. 복잡한 현실의 밑에서 작동하면서 현실의 다양한 현상들을 규정하고 생성하는 원리로서 어둠의 양상이라든가 개인의 분열된 자아상, 그리고 연기와 분장으로 수행하는 현대인의 사회적 역할, 큐브라는 입방체를 형성하고 누에고치의 애벌레처럼 그 속으로 자폐적으로 숨어드는 현대인의 속성, 안과 밖 혹은 시소의 양 극단에서처럼 움직이는 길항관계를 형성하는 현대인의 관계 양상까지 이 시집이 그려내고 있는 우리 사회의 모습은 자못 심각하고 문제적인 성격을 띠고 있다. 주목되는 것은 정교한 이미지와 시적 구도를 가지고 그러한 현대사회의 복잡하고 난해한 양상들을 촘촘하게 그려내는 시인의 시적 역량과 구상력이다. 첫 시집임에도 불구하고 이 시집은 현대사회에 대한 치밀한 분석력과 정교한 구상력으로 인해 앞으로 시인이 걸어갈 시 창작의 과정에서 그 토대로서의 역할을 충분히 해줄 것이라 기대한다.

시인의 말

나를 떠난 말들이
야생의 발자국을 가졌기에,

이제
내 것이 아니다

회오리를 가진
울음들이
내가 모를 방향으로
흩어질 것이다

난
다시 처음이다

2020년 11월
최영랑